U0023842

等待鸚鵡螺

許通元 著

獻給

母親李蓮嬌
父親許榮海

目次

輯二 解禁食言

輯三 記憶之屋

推薦序　注意璀璨自然的紋路色調

王潤華

一、南洋熱帶叢林小鎮的野性思維與南洋食譜

當我收到這本散文集《等待鸚鵡螺》的電子版，要求一個月的時限，才有時間閱讀和寫序，但當我試讀了一篇，就禁不住一口氣把全書讀完了。

我與許通元都同樣出生並長大於相當原始的南洋熱帶叢林小鎮，我在西馬，他在東馬。許通元與我相同的地方，還有很多，儘管年齡相差幾十歲。兩人都感到，南洋風味的食物才能醫治我們的懷鄉病，解除後現代枯燥乏味的文化。我曾自白地寫過〈南洋鄉愁的咖哩〉，他也寫過吃「砂朥越哥羅麵」能治好鄉愁的〈消解鄉愁〉。我有〈會走路的魚〉，他有〈筍殼精神〉，都是寫熱帶淡水河的魚，我愛生魚，他崇拜筍殼魚。我在〈後殖民的榴槤滋味〉，曾批判企圖去榴槤香味的後殖民主義，許通元不滿冷

藏榴槤的朋友而寫了〈冰榴槤香〉。不久前我寫古來客家擂茶飯的魅力，發現他早已探討過新山到古來一代的客家飲食。

南洋是野生植物的天堂、水果的王國、神話的淵藪。與這些野生的植物果樹一起生活，吃著這種自然的原始食物長大，我們的思維，大概屬於結構主義李維・史特勞斯（Claude Levi-Strauss）所說「野性的思維」。我特別喜歡吃，也喜歡書寫熱帶叢林的野生的果實與植物。因為這些瓜果野菜與未開化的人類具有具體性與完整性思維，像原始的藝術，它既原始也現代。南洋熱帶雨林的榴槤、山竹、紅毛丹，過溝菜（馬來名pucuk paku，英文fiddlehead）便是最好的象徵，它們既是可口的水果蔬菜，也是原始又現代的藝術精品。

收集在我的《榴槤滋味》與《重返集》的作品，代表我幾十年來嘗試用散文與詩來重現這些既是生活中飲食極品，又是超現實的藝術品。除了水果，我還寫了過溝菜、蝦餅、咖哩等等。像椰花酒，是在高入雲霄的椰樹上醞釀的酒，印度人每天爬上椰樹梢收集椰花酒，具有非常的神話結構：

我每天把酒囊掛在腰上
沿著樹幹爬進雲霄
收集椰花釀好的美酒
隨著喝酒年齡的成長
這一條通向天堂的道路
卻愈來愈漫長
我要耐心的撥開雲霧
才能找到椰花酒

——〈椰樹上的腳印〉

我家製作與炸蝦餅的過程便是一齣《還魂記》，我看見海魂與蓮花、白雲幻影：

傍晚
我姐姐用一雙長筷子
把一縷縷海蝦的孤魂
丟進沸騰的油鍋裡
在浪濤中翻滾

終於消失在煙霧中
一小團蒼白的
蝦的孤魂
在濁黃翻滾的大浪中
掙扎了片刻
突然甦醒復活過來
像一朵巨大的盛開的蓮花
在熱帶的暴風雨後
浮現池塘
又像一朵白雲
飄蕩在藍天上

——〈還魂記・炸蝦餅〉

我的時代，雨林比較原始，飲食的魔幻成分較多。所以寫的食物多是自然土地上的水果野菜、河中的魚類，即使菜餚也是烹飪的方法簡單的東西。而許通元生長的熱帶雨林小鎮，已是比較文明，食物開始複雜，所以他的食物散文更多元性，表現更創新的感性經驗。

二、熱帶的香料食物能給枯燥乏味的現代文明之舌頭，帶來新的感性經驗

李維・史特勞斯深入南美的熱帶雨林，後來在《憂鬱的熱帶》中指出，西方香料與調味素都是人工製造的，很虛假，歐洲人冒著生命的危險與道德危機，前往熱帶叢林搶奪香料，為的就是熱帶的香料能給枯燥乏味的西方文明之舌頭，帶來一大堆新的感性經驗。熱帶叢林的香料在視覺與感官上，給科學發達後的現代人引發奇異感，也是新的道德刺激品。這就說明為什麼許通元每次乘飛機從士姑來重返古晉，他就直奔泉春吃砂勝越叻沙、哥羅麵或乾盤麵、香茅炒螺，或者到貓眼嶺弟弟好友阿輝那裡吃麥片蝦炒濕。他醉心的食物是原始的熱帶的，諸如砂勝越／沙巴雨林的特產巴固蕨（即過溝菜）炒江魚仔、炒碎木薯葉。整本散文洩露一個秘密：他是隨著熱帶食物味覺旅行的人。

我初讀許通元散文集《等待鸚鵡螺》，除了發現美麗的散文的魅力，更有多樣性的美食魅力。第一輯「親母關係」是古晉的南洋食譜，第二輯「解禁食言」，則是新山與古來地區的客家食譜。有了這兩輯本土美食地圖，許通元建構了這兩地的文化地理，與文學地景。以前我總覺得古晉周邊、從新山到古來，那風景綫已很熟悉，自從讀了「解禁食言」，每個飲食檔口原來在大太陽之下，枯燥乏味，卻成為體驗

新的味覺感性的地方，這些飲食文化使到這地區的空間有了深一層的文化意義。

三、蒙太奇手法建構的「南洋熱帶食譜」

史特勞斯所說「野性的思維」是指具體性與完整性的物象結構，所以我喜歡圖像，因此我愛上形狀超現實的熱帶水果與植物，我不喜愛抽象性思維。我發現許通元也是，他遠離砂朥越的雨林小鎮，來到西馬，生活已淹沒在多媒體的資訊時代，在現代電影文化長大，他特別喜歡多媒體的影像，如果條件允許，我相信他寧願選擇把想像轉換成電影而不是以文字呈現的文學。

我說他的散文是「南洋熱帶食譜」，那會嚴重的被誤解。這本散文集的寫作就是通過電影的蒙太奇手法所建構。當他呈現熱帶一道道食譜，許通元都以電影的手法，安排在一些感人的情節、事件、場景，然後美食就像電影中的景象或人物突然呈現。比如「哥羅麵」的吃法：

777海鮮美食中心的大螢幕正播放《警察故事》，張小姐早期未整容前的土模土樣青澀無比。我不管三七二十一點了三碗哥羅麵，因為知曉你們是無需考慮就會陪著我一起吃的。你們還叫了一盅西洋菜湯或老黃瓜排骨湯，而我只想單純地消解鄉愁之味。那最純樸，源自童年、成長一直到成人的記憶，那種牢牢套住無法自拔、無藥可救的味覺嗅覺再加上視覺的一種「饗宴」。澆上均勻紅燒油的哥羅麵終於端上來。上面鋪了一層紅燒肉、切片黃邊白魚餅、青菜、青蔥等。一小碗湯雖不似砂州純種的肉味清湯撒些青蔥，但是有我愛吃的紫菜。吃一口QQ的哥羅麵，免去了每次有同鄉回家是叮囑他們記得打包剛坐完飛機的哥羅麵的困擾。吃一口鄉愁的哥羅麵，母親在電話中總是詢問幾時會回家。哦！再吃一口，我開玩笑的跟你們說，吃不飽，我等下再打包回家，臨睡前再一次消解鄉愁後，進入甜美的夢鄉。你們笑得見牙不見臉。我相信是哥羅麵的關係，多過我言語的幽默。

——〈消解鄉愁〉

另外譬如好的海鮮與文化地理結合，許通元先寫風景：「抵達古晉五哩出發，拐入往石隆門的天空微藍，白雲疏捲，懶散的舢板閒臥沙灘上」，然後才讓海鮮出現：

碼頭不遠處有巴剎攤鋪擺賣剛從魚網撈上來的魚蝦蟹。躺在桌上美麗的鸚鵡魚，中看不中吃。妹橫掃了幾袋的馬鮫、白鯧、石班、鰈魚、大蝦等，放入預先帶來的寶麗龍冷藏盒，注入冰塊。越過一條小徑的菜巴剎，我購買伊班族野菜——木薯葉、大芋頭莖等。我特愛吃搗碎的嫩木薯葉，炒搗碎的辣椒、洋蔥、蒜頭、豬油渣、江魚仔或蝦米。妹常逗趣地說，家人懶得搗碎木薯葉，所以每次癡等我回來，才有機會吃此佳餚。

——〈突然老了十多年〉

再閱讀買野菜之旅與烹飪野菜的方法：

過年期間的菜市，伊班婦女賣的野菜，價錢不比華族的蔬果便宜，似乎對準外來歸鄉客迫不及待，非買思念已久的家鄉野菜；本地家庭主婦過節略嫌吃肉膩，選點清淡野菜清腸胃。兩元一束小小把的米靈，不足炒一碟佳餚；兩束木薯葉四元，返家仔細摘其綠油油的木薯嫩葉後，才那一小撮。木薯嫩葉放入盆中浸水去除氰氫酸。氰氫酸含量高易中毒。家中炒嫩木薯葉不似藍波的搓碎法，而採用細細搗碎法。然後再搗碎小紅蔥、紅辣椒、香噴噴的豬油渣，以江魚仔代替蝦膏與蝦米（美味食物排除健康可能性），皮膚敏感的父母亦可淺嚐。配料搗碎後，先下鑊炒至香味四溢，再倒下搗碎的木薯葉快炒。完成後僅獲不大一碗，足見其珍貴，彷彿需要一小口一小口送飯，不消片刻，那碗落得一片乾淨。

——〈戀戀木薯葉〉

他的食譜放在生活、文化地理、習俗、節慶的文化裡，夜市、河邊裡呈現。也體現他的寫作方法：「我把它們（影像）穿綴在創作裡，算是把看過了並且讓自己感動的影像轉化為文字，讓它們成為自己的一部份了。」

四、閱讀與感應自然的散文

法國科學史哲學家米歇爾・謝和（Michel Serres）曾指出，人類已失去自然世界，譬如人們今天出門想知道天氣，一定根據氣象臺的預測，天氣是在電視裡，人類不會看看天色，問問風向。人類已經讀不懂大自然，對自然現象失去感應能力。最明顯的例子就是在二〇〇四年的南亞的地震後，引發的大海嘯的天災中，沒有發現動物的屍體，表示動物對天地變化反應靈敏，早在發生前已逃到安全的地方。人類沉溺於物質文明享受，太過依賴科技發明，人類變得反應遲鈍，迷失自我，甚至天性泯滅，理性感性全無。

我在〈重回自然：擁抱樹木〉裡說，小的時候在馬來西亞的熱帶叢林的小鎮地摩（Temoh），母親常站在我家門口遠望，然後指著六、七英里外在萬嶺（Banir）我們家的橡膠園的方向說：「那裡下大雨。」往往料事如神。那時根本沒有天氣預報，她常常告訴我們外出帶傘，結果後來真的下雨了。大自然像一本書，她讀得熟透，樹林中的一草一木，她都知道其醫藥或可吃的用途。譬如大雨後，野外的野菇，我家常採來吃，母親只要望一眼，就知道可不可以吃。不少小鎮做生意的鄰居，因不會辨認菌類而中毒。

許通元雖然年紀才三十多歲，他的散文處處展示他對人與自然的溝通，他的觀察透視力，令人驚訝。比如他寫赤道上往往大太陽的時候會突然有過雲雨，「炙熱的土地衝起嗆鼻的土氣」會使人生病：

可能在突降的急雨中，收衣服時不小心淋濕幾滴雨。炙熱的土地衝起嗆鼻的土氣，避之不及。每次叮囑她，衣服淋濕了些，不打緊，遲些再收，身體要緊。若在屋簷下晾曬，陽光撲進來，風輕拂時，衣服中的水分自然隨之消失。

——〈親母關係〉

如果通元自小生長在吉隆坡城裡，恐怕他已失去這種感受的本能，即使別人的感受，他也不會重視這種自然書寫了。他常常借老一代的語言，比如他的媽媽一再提醒他：「外頭日頭熾毒，益母草薑酒燜雞勿吃多，易引發熱氣。魚湯反而沒問題。（〈初次父親如此送我〉）」在這樣環境中，而他自己也建構起自己與萬物溝通的自然語言也處處皆是，如：

小時候喜歡玩嘟嘟魚（即筍殼魚）。尤其是堂哥騎著摩哆送魚給母親，母親那時在店前忙著電頭髮。各民族年關將近時，嘟嘟常擱在洗碗盆，離水仍然能用皮下豐富的血管進行氣體交換，退化的呼吸器相當於前期的肺。因此，嘟嘟在保持皮膚濕潤的室溫下可存活很長時間。頑強的生命力，不似大多數的魚類，離水幾分鐘，因鰓難以呼吸空氣中的氧氣而身亡；不似鯨魚離水擱淺在海岸，體重會壓壞身體的器官。嘟嘟就這樣乖乖地躺在洗碗盆，任由我們抓玩輕戳，身子坐禪入定。它可能感覺身高，亂蹦活跳白費氣力，弄巧反拙。魚體表鱗片梳齒狀，反向摩擦容易傷害皮膚，誘發感染，所以我只敢偷偷順鱗片撫弄。

——〈筍殼精神〉

讀通元的散文，其文字中的圖像魅力之外，其心靈對自然萬物感應靈敏度，征服了我們。第三輯「記憶之屋」中的散文，〈記得遮住Bird Bird〉在電腦螢幕上修復照片的過程，也留下美麗的自然與人工的對話：

在攝影棚拍照，熟悉修復照片的過程，下手輕重特別謹慎，尤其是照片呈現的自然性。新娘穿無袖婚紗，原本要露性感，結果腋窩形成的黑線在照片放大後過於明顯，更何況還不小心露出烏黑的腋毛，確實不太雅觀。於是，我移動手指，輕輕在觸筆揮舞之下，腋窩幾乎若隱若現。朦朧感產生距離美，隔一段距離之後觀賞，效果更佳。

——〈記得遮住Bird Bird〉

許通元與修復照片師傅的對話，也可轉換成他的散文藝術哲學，我不必加予詮釋，節錄如下：

觸筆修復過程不宜下手過重，照片唯恐失真，難現真人效果。這是實習照片修復工作時，修復師傅教導的第一法則。師傅繼續囉嗦：人在所謂完美之下，想像往神或完人的模樣靠移。神或完人並非人。我心裡在嘀咕廢話。人需要舒服的色調，某些自然的線條。當然這亦可特別加工，讓顧客誤判自己亦可變成完人，即使是永存影像的那瞬間。對於常人，那已知足。或許人生有太多的不完美，所以人才一直在追求完美。完美反而失卻了人真正的氣息，似太乾淨的街道少了人氣，僅是刻意打造，不似有人存活的空間。時尚雜誌常犯「完美」的錯誤，將明星打造得近乎完人……我的思緒開始游移。第二法則：觸筆下手過輕又呈現不出效果，彷彿未修改。如何平衡是經驗累積，長期訓練。我當然記得師傅所言，即使是廢話。

——〈記得遮住Bird Bird〉

五、發現還未絕滅的鸚鵡螺

人類已失去自然世界，人類已經讀不懂大自然，對自然現象失去感應能力。因此我以為能夠感應自然的作家以不復存在。但讀完通元的散文集《等待鸚鵡螺》，發現像他這樣年輕的作家，居然還未絕滅，他就像鸚鵡螺，不敢在白天出現，因為貝殼上的鮮艷顯眼的色彩，會遭惹殺身之禍，我用被發現還未絕滅鸚鵡螺來比喻許通元的散文，是最恰當不過了：

一種叫鸚鵡螺，貝殼類，曾經被懷疑絕種、美麗、遠古的深海洋軟體動物嗎。鸚鵡螺美麗得比下傾城傾國的女子，尤其是它貝殼上的璀璨自然搭配的紋路色調。它只會在夜晚花好多小時游至海岸不遠、淺淺的珊瑚礁石用嗅覺尋覓龍蝦的腐屍、寄居蟹或其他食物。我不曉得它是否抗拒陽光，但肯定的是它倘若在白天出現，鮮艷顯眼的色彩肯定為它遭惹殺身之禍。它選擇適合它生活的方式。我認為你說關於鸚鵡螺無論怎樣隱蔽至半夜才出現於無人的珊瑚礁石，最終還是被人類發現它未絕滅的話語沒錯。

——〈等待鸚鵡螺〉

許通元的散文就是鸚鵡螺，隱蔽至半夜才出現於無人的珊瑚礁石之中，我們閱讀時，要特別注意璀璨自然的紋路色調。

推薦序　寫一個啃噬者的性靈行為

陳蝶

掠食者恐龍滅絕了六千五百萬年，人類存在於世，至今也不過五百萬年。物種的起源、進化、衍生與消失裡面，恐龍的霸，細菌的微和智人的卓越，不論是盲目的大自然規律，或是當中有神差鬼使之說，毋庸置疑的是，驅動生存的原動力在於食與性。

是的，食與性，讓恐龍生存了一億六千萬年，讓海底生物繁殖了三億年，前者的滅絕跟食與性無關，那是神說與宇宙規律之間的謎題。而智人的後代，如今仍然因循著這兩項條件延續著生命。作為他們的子孫，處身在文明瓶頸的我輩，尤其是近十年來的文人作家，都史無前例地熱衷於將精神放在享受味蕾快感的追尋中。

本來好似也正在探求更多生命奧義，追索更多經過文明洗禮之後的形而上的性靈光輝，咦，這大家（近十年來的專業與非專業作家）卻更徹底地跟進那原始而古老的兩樣大事去了。對了，這十年來，要列出那些在他們的小說、散文、詩歌、雜文、評論、翻譯各種文體之外沒有寫上食經的作家，是很難，因為他們的行列太龐大了，只怕掛萬漏一。相反的，我們比較容易舉出誰的名字，是沒有吃東西的。

單是馬來西亞，中、英、國文定期出版的食譜總數平均每月達十本，這不包括那些單行本，而報紙副刊若沒有食經菜譜的，讀者會放火燒山。

為何人們越來越迷戀食物？為何人們越來越屈服於自己相同於性欲那種永遠在滿足與空虛之間擺蕩的食欲呢？所謂屈服，就是不作抵抗，一任它放蕩索需，取求無算，生死交替，周而復始。究其實，人對食物，不，人對美食，是對自我的一種祭祀，當東西送進口腔時，那種蠕動、咀嚼、齒咬、舌攪、鬆緊有致，忘我乾坤，上下頜盡情開合，物質與唾液相互混參之後，囫圇吞下，欲仙欲死、此之謂食之高潮。自我的祭祀，其快感乃來自天地恩澤也。

然而，一切的美食，進入了食道之後，你再也感覺不到它們，而空有一個漲飽的慵懶之軀殼，此時的你，跟一條生吞了野豬的巨蟒實在是處於同一個水平上。於是你從一個尊貴的智人的後代，並未做出擁有穿透時空技術的宣示，也不曾試圖窺探天地的奧秘，卻由一組味蕾，一種蠢動的欲念驅使著，奴役著，直到因之而滅亡。

這是為何？

是因為絕對的戀食，是絕對的寂寞？是因為絕對的追求，是絕對的空虛？

可是上天賞賜了一個無底洞似的胃囊，和一個永不飽足的六欲之根，讓你帶著它們，風來雨去，纏綿一生。此大任關係父母祖宗，血脈後代，影響功名利祿，生榮死哀。故此感恩之餘，便也不怨不悔，將吃食的本色發揮淋漓。

至於老饕們的食之生態到底是愛的聚所，是縱情的忘我，還是孤寂的滋味？也許是一個既簡單又複雜的議題。

許通元，一個從認識他自二十三歲到現在都沒有胖過的男生，或者應該這樣說，一個自出世就瘦到如今的人，令人好奇他究竟有吃過什麼東西嗎？他有吃過什麼好東西嗎？然而，不知打幾時開始，在我沒怎察覺的時候，他竟然從一個文質彬彬的書齋之子，義無反顧地搭上「找吃大隊」的列車，搖身一變成為那些臉掛傖俗之氣，色相饑饞的食家一份子！天哪，這就是他華麗的轉身嗎？

因為一個食家，他老是欲念未遂，壯志未酬，他經常饑渴貪婪，目露凶光，令你不由自主聯想到原野上的獵食者，那些花豹土狼，那些禿鷹和夜梟，甚至細小的蛞蝓和蜘蛛。所有的烹飪節目嘉賓都說著同樣的兩個句子：「哇，好好吃喔！」、「哇噻，好幸福喔！」

要將通元從一般食家的人士當中區分開來，是一件必要的任務。

數年前在報上閱讀到他也不能倖免變成一個談吃的文人，有一點驚。直到他寫他母親的家庭小食和大菜，我才收斂了睥睨的眼光。

直到他寫「親母關係」的輯目，我便如卸下了一個沉沉的包袱。

這裡面，他用回饋的姿勢仰慕母親的廚藝，思念母親的食譜，遠望山鄉，懷想家園，那一道道的菜、那一盤盤的點心、愛心藥膳、選魚秘方、治病土法、鄉下人家的野食、面對母病、母子連心、兄弟妹親密聯盟共處、廚房內的留連、這不是一本治家大全嗎？除了書寫母親種種，他沒偏心地寫上了父親開車送他到機場的經過，說到那樁樁件件，從樓梯到大門，我都有如脂胭齋那樣參與其事似的歷歷在目，又如一個狡猾好奇的靈怪那樣，從他砂拉卓老家，到古晉ＢＤＣ花園的屋子，到搬至五哩八港路的住處，我都眼見目睹他們平民小康的生活實景。咦，這是一本生活樂活的智慧小書可資借鑑。

通元這個遊子經年在外，在外的他除了工作，是上天下地的搜尋文學和電影的資料，當然，與家人相處的時間裡，沒少吃食的場面。〈戀戀木薯葉〉這一千個字，不但是母親寵溺兒子，使到妹妹感到吃味的佳餚，也牽引出砂拉越雨林食譜詩人，藍波對這道菜的搓碎炒法；此外枸杞雞蛋湯這平常下飯之物又間扯出了杜杜和陳瑞獻的另類廚法。而〈年夜飯〉

這篇許家節慶特別欄目，開出了一張有如酒樓婚宴那麼排場的菜單。講吃的還罷了，通元的瘦就是因為分心時多，他不動聲色介紹中國第六代導演張元的電影《過年回家》，黃健中執導的《過年》，將人帶到冬暖情緒中，再若無其事地交待李安的《飲食男女》演繹之後，不辭勞苦的許媽媽出場了。

這年夜飯不是某一個年次的回憶，而是他童年至今的例行。許媽媽農曆十一月頭就開始餵養半菜雞。但凡雞的品種（祖籍是也）、雞的飼料、雞的重量、雞的人工宰殺、雞的手工拔毛、雞的顏色、雞的醃製、雞的佐料（此物為豆瓣醬加各種香料）、雞的入櫃遭冰凍，雞的出櫃遭油炸，都讓望門檻都望不到的的兒子寫得無一遺漏，只差沒鑒證雞的性別和特徵罷了。炸完還燜煮上一兩個鐘頭，不寫得這般考古，你誓難揣摩到那入口脆軟鮮甜，醬雞的香鹹直彈舌尖的效果。

不是正在過年嗎？這個人生環節，是不拘小節的通元不肯錯過的。雞兒萬歲，有家者多必有雞（筆者感歎有雞可食者卻未必有家），許家年夜飯的食譜除了上述豆瓣醬滷雞，尚有海參雞絲黑醋湯、炒雜菜、魚鰾湯、豬肉春捲、蒸大白鯧、焗大明蝦、油麵條等五菜二湯一麵條。〈年夜飯〉吃到這裡，他說：「接近賞煙花時，爬動不便是常有的事。」

這篇鴻文如果在這裡結束，這文化巨蟒景觀，就回到跟初民一樣的境界了。小子敘事功能是有兩下，他加餐一客夜宵小品，來消化方才的山珍海錯。這小品竟是商晚筠未完成的遺作，〈人間．煙火〉。

飯飽至此，讀了他簡介的該篇大作，我們再次回到餐桌上，旁觀主角兩母女的好戲。她們原是高中同學，後來成了繼母女關係。繼女在發生家庭衝突後回到鎮上的第一個除夕夜，是與繼母在尷尬中面對面吃火鍋，接下去我們不知道發生了什麼。通元贊道：「是商晚筠厲害之處，除夕夜可以團圓，還可以讓讀者一步步陷下她設計的故事情節。」

這不，可正也是他厲害的地方，讓你們飽到不行了，殺出一招叫人餓的文學誘讀，致使一個讀者從虛擬的口腹飽脹感喇一聲終結到真正的空虛寂寞。

要如何否定吃的終極是蒼茫一片，是雲水飄渺呢？往下看，他寫的〈突然老了十多年〉，貫穿的雖然仍是貪吃鬼形象，撕殺到三馬丹（Samatan）和倫樂（Lundu）去了，這兩處，有著好土好水的海鮮。千餘字裡面的後段，驀然接到好友曾志偉（詩人路加）去世的惡訊，作者從吃的貪欲裡剎那變老了（筆者也感哀然，那是一個好友）！那一股故人驟逝，青春不返的失魂焦躁，讓你到口的那一箸，再也咽不下去。

他再次讓你不小心又彷彿中了一擊。

文集第二輯從家庭的親愛關係轉移到朋友間的情誼，當然，主軸仍然是一個虔誠食客對食物的膜拜過程。〈尋訪詩人故鄉的美食，遺忘了詩〉是典型的「事先張揚式」的散文題目。一出手就堵死了讀者的想像空間而變成平鋪直述，這也是自有散文以來代代相傳的理所當然。馬華散文發展史裡面，許裕全獲得第三屆星雲文學特優獎的〈治水〉，堪稱是一個叫人驚喜的散文題目。它的謎底並非寫大禹，或任何洪患，而是一個兒子為失禁的父親導尿的經歷。讓人讀了兩行，不禁失笑，卻又自心中寒起一絲淒涼的黑色，然後一直在我們的人生中迴蕩。

話已經講到這個份上，如何看待這篇〈尋訪〉？美食在此地位超越了詩，畢竟人的味蕾長在舌尖易現難隱。比起心蕊，她是一個豪放姑娘，士兵唐約瑟拒絕不了卡門的召喚；如此，作家投降於吉蘭丹泰式海鮮，復又鍾情於地道的各種丹州馬來小食，一開始已經大鑼大鼓開道頻撲，如何回頭去取個隱晦的題目？所謂欲加之「位」，何患無辭，就是這個意思。

現實食界兩極化已到極端地步，雜食的人類自動分為兩極，一邊以肉食為主，菜蔬為副，另一邊以先覺者捍衛地球為己任，拒絕肉食。然而至今並無任何素食機構、飲食達人或專家提出一個適合當今生態的可行綱領，不論從宗教抑或世俗觀點，來解決這個大哉問：

人類皆行素食的話，如何處理陸地和海洋不停繁殖的生物？又，素食能令生態平衡嗎？

可能，這是一個不可能的，無法立足的提問。不論是否牽涉到信仰、科學還是政治，回答這個問題，不是一個食家的責任。他還是得一路走下去，作家的路和食客的路。

這兩條路畢竟是相逆悖的，前者踽踽獨行，不管是螢燈、是秉燭、是借月、是塾讀、是館抄、是網搜，還是敲鍵，都是風聲雨聲一人承擔，當他的終站文章落成之時，縱然沒有掌聲響起洛陽紙貴的尊榮，但記住他眼中長煙鳳舞的風華。是的，他將從寂寞中蛻化為蝶。

相反，一個食客的行腳，他呼朋引伴，他高調問詢，他一路吆喝，那火烹水煮、那鹽燒糖滷、那觥籌交錯，那花醉滿堂，到謝幕時，正應一句人去樓空杯盤狼籍我和影兒兩個！

這一路觀察，通元以食會親之後，依舊以食會友，畢竟寂寞是身後之事。於是，在這本書中，我追其腳跡，得出了一共一百零三種食物。其中大部分為小食。他大力推薦的砂勝越小食就有哥羅麵、乾盤麵、砂州叻沙、印尼千層糕、三峇肉粽、大碗公酢醬麵、紅酒雞湯麵線、峇拉煎米粉、茄汁粿條和擂茶等等。

通元拜求學與就業所賜，長達十年生活在柔新山，間中，他藉著開會、課程、走訪、交流、度假、旅遊、探友等機會，能到不少地方馴養他的味蕾。他雖不算擁有十八般武藝，卻有八爪魚般的觸覺。吃著東西的時候他想著文學，閱讀的時候他構想電影拍攝的可能，看著戲的當兒，他心裡一動，對推拿某個穴位的力度有新領悟。這領悟，又回轉用到他在學院講學的某個課題。此外，圖書館資料管理、投資鑽研、學習語文，漸漸，他所做的一切，好像都偏離了他本科。可這一切，不都是產業管理嗎？而且是文化產業管理。

這些人生經驗，在此書中，篇篇變成吃的配角，彷彿，他來此一遭就為的是把世界吃它一個片甲不留，點滴不剩。

吃呀吃，他比本國其他的「作食家」（擁有作家與食家兩種身份的人）多了一份愛嚐馬來傳統食物的人生樂趣。仁當（Rendang）、咖哩雞、亞參大蝦、椰漿飯、Nasi Dagang、Nasi Paprik、Nasi Kerabu（這三味飯菜各有固定作法和配料）、甘榜炒飯等是他心頭好。馬來同胞常用的入菜植物相當多樣，香茅、南薑、黃薑葉、野薑花、酸柑葉、積雪草、蝶豆花、芋頭莖、香蕉花、未熟波羅蜜、棕櫚樹心（Umbut）等都是少有農藥的鄉下料理所需的主要食材或配料。通元所推薦的天皮（Tempe），在〈銀行飯〉這篇散文裡有隆重介紹，他將之稱為豆餅，其實是納豆的一種。將搗碎的辣椒乾和洋蔥江魚仔爆香後，加入天皮和長豆一塊乾炒，是南洋風的下飯恩物。

通元可從來沒有和我談過他的天皮經歷，雖然我嚐過他弄的芋頭飯，他亦賞臉吃過我的擂茶。試想，來一碟炒天皮，數尾乾煎塘虱（鯰魚），一盤芽菜拌炒紅辣椒絲和韭菜段，一小碟Sambal Belacan，一碗棕櫚樹頂端嫩葉底部採來的Umbut切片椰漿煮，這客窮人的盛宴，是馬來亞開國前，麻六甲王朝再前之前，可追索到拜里米蘇拉王朝（Parameswara）時候的佳餚！

可忽然上述那些飲食簡譜的小溪邊土家風情，又會隨著作者從尋常百姓家飛渡過王謝堂前，坐到法國餐廳去。老陶杯盤煥然變成宮廷花園的餐具，那豔麗誘人的名稱可堪回味。在〈藝術晚餐〉這篇作品裡，作者很高級地享用炸鮮蠔配八種蘸醬，繼之以日本鮮小蝦義大利「天使髮絲」細麵、微溫的口感配上日本昆布冷麵、再呈上香菇燻肉粒焗智利鱸魚。如此這般經過精緻水果蛋糕美酒的龍睛才算結束一場與新加坡國寶陳瑞獻對酌的盛典。施以目浴，澆以詩心，觀賞了美食師傅的雕藝術之後再親送巨匠回家，焉能不到私房菜館去一窺宇宙間口腔文化的奧秘。

作者以家庭為始，以良友為結，在二十八篇口部嚼動不休的運動中，完成了他大啖世界的初探。

請注意，一個初探者，是不會在寂寞中等待的。他必定會伺機出擊，會帶領他上進的味覺，去感受更深層次的甜酸苦辣，會繼續在鄉鎮與城市中落腳，在白丁與鴻儒間周旋，要像一隻噬咬葉片的毛毛蟲一樣，把世界蛀空，直剩下一個蒼涼虛空架。

導讀至此，筆者原也對許通元這一趟「食路歷程」有了交待，然而且住，尚有一事未曾厘清！那就是筆者對他食道的瞭解似乎更勝於對他心路的掌握。這本散文集的第三輯裡面，展示著從〈假期〉、〈細腰蜂〉、〈等待鷓鴣螺〉、〈記憶之屋〉、〈攫取記憶〉、〈裸睡〉、〈五指豢養的孤獨〉等十篇他就業後對大學生活時期的種種採集和拼圖。這些篇章，讀者斷不能以平常閱讀散文的慣性來品讀，甚至循尋他生活的步跡。因為他除了在〈反鎖〉這一篇比較寫實地敘述屋門和房門遭自己反鎖和若干顧左右而言他的特效之外，你要在他其餘的大作裡標籤主次應有的本位、性別應予的對流，或實虛背後的真相，煞費周章。那裡面的事件有如許多假面和密碼，吊詭而離奇。而能在一本集子裡容納兩種截然不同寫法，就好比大魚大肉之後來一個有機餐。

與通元交往一十三年，這中間存在著年齡鴻溝，地界阻礙和觀念分歧，曾有針對人類中的性向抉擇以及有關的文學內容而引發的兩人路邊爭論和較後的電郵交手，曾有因為他屢次諫勸肩扛無法推託的社區管理工作的我勿放棄寫作而懵懵。經過好些磨合處理和時光實踐，經過了電影藝術和文學讀物的輔墊，今天我來為這個漸漸變得豐富、睿智而感性的人第三本著作寫序，沒寫上一萬字，是不能表達寸心於萬一的。然而再說下去不免語焉不詳，牽連更廣，就此打住。結束前，我仍然要問一句：「吃食文章，該是一個作家的副業嗎？」

輯一。

親母關係

母親與我。

電話另一端傳來陌生的聲音。我完全認不出，那是母親的聲音。似母親在我難得返家時，錯認我上下樓梯的腳步聲，喚叫弟弟的名字。我心疼不已時，也沒錯怪她，僅怪自己長年在外，一待十三年虛晃。

我即刻詢問母親怎麼了，感冒嗎？為何聲音粗得似鴨子呷呷叫。母親回應，可能在突降的急雨中，收衣服時不小心淋濕幾滴雨。炙熱的土地衝起嗆鼻的土氣，避之不及。每次叮囑她，衣服淋濕了些，不打緊，遲些再收，身體要緊。若在屋簷下晾曬，陽光撲進來，風輕拂時，衣服中的水分自然隨之消失。她依然故我說，一家大小這麼多人的衣服，一天累積下來，第二天如何是好。那是她的生活，多年的習慣，似我多年買書的習性，她愛勸說為何買這麼多書，無處擱放了。習性難戒，似狗改不了啃骨頭。（現在的好命狗哪會吃屎！）

母親咳嗽幾聲，我馬上慰問吃了藥嗎？她說妹妹帶她去看醫生，病情已減輕。雖然沒大礙，但是咳嗽未痊癒，聲音聽起來怪裡怪氣。我聆聽母親的聲音，是我一星期至少兩次，難以避免的人生功課。離家在外的親母關係。內心暗忖，不知她的咳嗽，是否與介紹她吃醫療此甲狀腺腫大的民間中藥相關？聽同事說煲豬尾的藥材性寒，不宜每兩日服食一次，小心腳軟。

母親的頸脖腫大，華人新年時我還曾用手指輕刺玩弄，她故作沒事。此甲狀腺腫大，妹妹開玩笑地說，問神時曾說無大礙，前世救了青蛙王，今世厚賜回報以青蛙的頸包，是一種福報，笑得我癱在一旁。過完年，我回返新山才知曉她病情加重，吞口水時偶爾微疼，呼吸有時微覺辛苦。所幸甲狀腺機能亢進，未至兩眼突出，心跳加速，兩手如老人顫抖。母親長年嗜海魚，應不缺碘。西醫診治後說，可能是更年期時內分泌失調。雖無生命危險，現今唯有動手術割除甲狀腺為上策，之後每日以荷爾蒙藥物補助身體所需的甲狀腺素。

我聽妹妹在電話敘述後，馬上反對。年齡漸高的母親，怎麼可以在此時輕易切除身體的第一道防線，更何況西藥對身體易產生副作用，不似天然含碘的甲狀腺素，有促進新陳代謝、增加血糖的作用。在醫學上，我親近中醫。除非無計可施，逼不得已之下，我才考慮西醫，譬如補牙。這也因父親身為推拿師傅，自小耳濡目染他奇蹟地治癒不斷上門求診的病人，養成我大小病先偷翻醫書、現今上網查詢、或咨詢父親買藥醫治，往往都僥倖治好。

嘗試咨詢剛認識的上海醫科大學圖書館的小寇，他熱心建議若是以母親的年齡甲狀腺腫大增長緩慢，僅需定期檢查。若發現頸脖的腫大加速增長，頸部明顯有異物、壓迫感，或聲音改變，動小手術為上策。況且以現在昌明的醫學，安全性很高。最奇怪的是他用了「令堂」二字來替代母親的稱呼，果然是客氣的中國人，但令我毛骨悚然。妹妹攜帶母親去私人醫院給印度西醫檢驗，說費用至少六千馬幣，需要另行安排時間。另外一個西醫說費用四千左右即可。

動用三寸不爛之舌，勸慰母親去看中醫時，她回覆堂姐、嫂嫂她們曾發現同樣症狀，早期發現吃藥尚可控制，累積了廿年，現今已於事無補。我驚訝地聽她說累積了廿年，身為兒子的我竟然完全被蒙在鼓裡。她期待著速戰速結的切割手術。家人因此籌備一筆錢，擇一良辰吉日，想與醫生預約時間，但那是在五月之後。

整件事情因清明節放假而出現轉機。那日，與圖書館同事們浩浩蕩蕩參觀新加坡國家圖書館的途中，同事翊翊驀然告知民間「偏門」中藥秘方。翊翊說她阿姨無意間獲此秘方大病痊癒後，無時無刻攜帶身旁。某次在火車上聽聞乘客談起此疾，她阿姨馬上獻出秘方。那女人性急，天天頻密煲藥吃，結果病未好卻成了軟腳蝦，才知藥方份量的輕重因人而異，需請中醫再配過藥的份量，效果更佳。那女人痊癒重遇她阿姨，轉告此事。

無論如何，隔幾天傳到我手上的藥方分不清是之前或之後的版本，但在等待動手術前的「空檔」，姑且一試。

我詢問母親吃了煲豬尾的中藥後，病情如何？她在電話彼端說情況有改善，頸脖部位消腫些許，氣亦較順。但是近日咳嗽，怕藥寒，所以暫且停止食用。聽罷此藥適合她，病情有新進展，我這做兒子的心眉為之舒展。我囑咐母親記得一星期別服用超過兩帖，煲藥時記得放豬尾才見藥效。

擱下電話後，我搖電話給妹妹商討母親節時，合買一臺最新最方便的絞果汁機給母親。無論如何，我還是忘了告知已電郵給南京朋友尋覓臭氧機，希望可以消除母親常吃的蔬果的防腐劑或肉類的長肉劑，身體更康健。重看艾慕杜華導演呈現給他親愛母親的《論盡我母親》，深深感動影片之中幾位偉大的母親們為兒女偷偷落淚。但願有著一日，我亦能以動人的筆觸反過來書寫兒女們為母親偷偷落淚的作品。最後祝賀普天之下的母親，每日似渡過快樂的母親節。

藥醋飄散父親的氣味

公寓內偶爾惹蜂飛撲進窗。黑暗中聽到昆蟲的拍翅聲。當蟲撲向胸前，驚嚇得在床上重看蘇聯導演蘇古諾夫（Aleksandr Sokurov）《父與子》（*Father and Son*）的我，彈跳起身，忙拍掃前胸。在開燈搜蟲行動之前，我緊張地撞及書桌。燈照亮房間時，蟲影不知所蹤。房間的燈熄滅後，我假借開著洗手間的燈，引誘它飛撲燈光，然後想趁機關住它。然而，它似乎高智商，開著燈時隱身，不似平常的黑蜂，見燈如飛蛾撲火，或被我引誘到洗手間自生自滅。

死蟲豈能干擾我繼續觀賞影片的雅興。影片中的兩父子，手牽手自窗口走在一條木板上，然後不亦樂乎的在鄰居屋頂上踢球。窗簾在黑暗中再次傳來拍翅聲。我開燈後遍尋不獲，暗歎神秘隱身的昆蟲。剛才撞擊的膝蓋隱隱作痛。我打開竹籃內的藥醋罐，房間開始飄散著父親的氣味。

健壯如牛的父親前陣子突然病倒，躺臥床上。這是我始料未及之事。妹來電說父親心臟腫大了四五十巴仙，心臟血管亦是如此。七十「古來稀」（現今百歲人四處可聞）的父親除了挺個小腹，經常在院子鬆動筋骨、在屋外鋤草、種木瓜草藥等，還常教我雙手似長臂猿懸吊。他說假如常期懸吊雙手，全身力道推拿時，才能在手指間運用自如。清晨出生肖牛的他肩膀上長顆痣，注定不勞碌生活不踏實。這些年，他早晚不停歇的為上門求診的病人推拿醫療。有時他身子不舒服，手用力過度，比我大一倍的手掌手指微腫。

母親在電話裡頭憂心忡忡地敘述，躺臥床上的父親，手腳浮腫，全身劇痛難熬。他僵臥床上難以翻身，不知患上甚麼怪病。心臟專科醫生開了十天的藥給他口服，唯缺止痛藥，令他痛楚無比時，難以消受。母親每天辛勞地為他推拿。手指手掌侍侯父親硬朗的身體後，難免酸痛不已。

第四天，父親竟然奇蹟地起身，說不痛了。他在電話直述中邪，出門衝撞白事的可能性極高。無論如何，小叔請九皇爺驅魔，父親吞服符水後，已渡過難關。母親擔心地說父親那日下午沒事後，還獨自溜出門，幾小時後才回家，令家人如熱鍋上的螞蟻。隔岸觀病情的我，由於未能返鄉，僅能每天慰問，追蹤病情。四處詢問，上網查詢，父親應該不是患上冠心病、心肌阻塞等心臟病。奇怪的是心臟專科竟然說他的心臟血管腫大。隔兩天父親再度病發，他懷疑是喝了七星針藥水。

此七星針是某次父親閱讀藥草期刊，在我與陳蝶陪伴下，北上霹靂州的某村落尋訪回來的紫色品種，與粉紅品種大量地栽種在院子裡。那時父親身在新加坡為某製衣廠大亨的老父治病，需要大量的七星針煎藥給半身不遂的病人。尤其是在病人推拿後，輔助減消舊傷，更快進入痊癒狀況。那時期的幾個週末，我赴碧山豪宅內探訪他，或邀他去新山吃頓意大利餐、葡萄牙烤雞，看場打棒球的勵志電影。

父親的怪病再度發作後，徹夜痛至難眠。家人載他去複診時，那心臟專科竟然請假三個星期，我聽後啞口無言。詢問私人醫院時，妹說設備未似古晉中央醫院齊全，父親堅持己見，不願意踏入那間私人醫院，擔心被送去開刀。他好友因雷射膽生石的小手術身亡，再加上他經常出入醫院治療西醫宣告不治的病人，肯定耳聞不少秘聞。秘聞的陰影，似金鐘罩，嚴密地籠罩著他。

母親報告說他服下希烈醫生的止痛藥，手腳在推拿之後，逐漸消腫。再加上他飲食排泄正常，不疼不痛時，上下走動猶如常人。最讓我驚訝的是，他還可以不顧家人勸告，駕車開溜，推拿某個急診病人。果然是肖牛的，真有他一套！每次想要開口勸父親時，聽到他的聲音，反而是他安慰我說沒事，吃了止痛藥，一切安好。

當希烈醫生的止痛藥，每三個小時服一次宣告無效後，另外一位專科醫生開的止痛藥方，尚可制住他的病痛。家人開始懷疑他患上關節炎。母親說他疼痛時，膝蓋、肩膀等關節部位紅腫，有時微燒。身為兒子的我，沒用到僅能隔洋興歎，打電話追著家人詢問。工作忙碌是一回事，六月接近伊班族達雅節，航空公司生意興隆是一回事。妹妹亦說沒嚴重到必須馬上回返。父親常安慰我說沒事。母親知曉父親其實盼我歸返，常問我幾時回家。原本他們六月中要飛越南中國海到新山遊玩的計劃，在病情如此拖延之下，可能被逼取消。

在父親心臟不痛，關節消腫的良好反應之下，他堅持等待上次的心臟專科醫生回返。雖然間中看了幾位專科醫生，嘗試在古晉中央醫院想辦法做全身檢查，但是慘遭婉拒地說：「應該讓位給嚴重的病人先檢查治療。」我繼續上網搜尋關節炎的資料，發現關節炎可以有百多種狀況，父親的病情彎像痛風的明顯反應：常同時有發熱、劇痛、畸形、僵硬及關節受阻。若病患在病痛折磨下，盲目選用西藥和激素類藥物，會導致心臟病、冠心病、高血壓、糖尿病、腎虧等併發症。

妹妹列印了痛風資料後，父親自信地說，檢驗的結果並無尿酸、高血壓等。痛風是由嘌呤代謝紊亂及尿酸排泄減少所引起的疾病。第一個特點既是高尿酸血症。父親長期同病人推拿再配合草藥醫療尿酸、高血壓、糖尿病等病症，他聲音洪亮地說自己沒尿酸，最近在三哥協助推拿之後，肌膚血色漸紅。他說人沒事後，反問我一切安好嗎？我說好，只是忙了點。我按捺住心情，閒聊幾句後，驟然收線，彷彿如此就可以私藏起氾濫的情緒。

藥醋瀰漫著睡房，我推拿著撞擊的膝蓋部位。昆蟲的拍翅聲再次響起。我手中握著張大春的《聆聽父親》當擋箭牌趨前，此書欲可當武器來個大開殺戒。窗簾皺褶間藏著一隻金棕色的甲蟲，頭圓圓的，身體圓圓的，露出可愛的模樣。看來剛才黑蜂隱身的疑惑，是場虛驚。在父親節來臨前，我亦希望父親的病痛早日痊癒，在他自信地推拿、喝通血管的紅田烏藥茶後，一切原是場虛驚。雖然我未能如《父與子》影片中的父子常玩成一團，甚至放肆的在屋頂踢球，但是我盼望快回鄉喘口氣的日子，能替父親推拿已快病癒的身體幾天，減輕他近日的身心俱疲，還有家人在端午節前後的辛勞，連包裹粽子的傳統亦暫時卸下。

初次父親如此送我

初次父親如此送我。這是我最初的想法。每次自古晉機場飛抵新山，我不知要用「返回」如此字眼？似乎待在新山的日子開始不下於在家鄉渡過的時日。這是恐怖的日子計算。而古晉似乎永遠是異鄉，多麼不熟悉，縱然並非陌生，但畢竟家人已遷居多年。當父親逐漸老邁，更多時候並非父親送至機場，似乎有一種理所當然的婉拒，固然父親經常自動提出要送我至機場。然而我不太敢勞駕父親，皆請弟妹協助。尤其是弟弟，經常親自送至查票門口，或許我貪婪門口吞噬自己的瞬間，尤其是親人還在另一端遠眺。雖然場面沒出現那種戲劇化的抱頭大哭，互相擁抱親吻或各拍肩膊等親密動作。僅是簡單說再見，揮揮手而已。但那種親情送別，似包上一層特別光暈，不經意透露出一些說不出口的秘密，然而真不必說出來。

父親自工作退下，偶爾出外會友，看看電影、電視、報紙，悠哉閒哉。這些年父親偶爾送機，最多送至機場，放下沉甸甸行李於手推車，與我道別後，我目送他揚長而去之餘，腳踏入機場玻璃大門。以往易如反掌提起百斤重的父親，如今我開始擔心他扛抬十五公斤重的行李。

今日送行的父親非常特別，或許對我而言──舉止「怪異」。所謂「怪異」既是與平常不同。一早出門，父親購買新鮮魚頭請母親煮魚頭湯。縱然母親早在廚房忙於益母草薑酒燜雞。母親弄開魚頭兩半，我似小時候詢問母親那是甚麼魚。全家人叫不出魚名，連母親這種自小與海產為伍的專家也難以辨認。妹妹驚訝此種喚不出名字的魚湯初次在家中飯桌登場。最後僅能大概喚取名字替代，蘸佐小辣椒醬油，魚肉鮮甜可口。

外頭日頭熾毒，益母草薑酒燜雞勿吃多，易引發熱氣。魚湯反而沒問題。父親帶回的木瓜，特甜。許久沒吃到香甜好吃的木瓜，堪比得上幾年前父親種在戶外的木瓜樹結成的果實。如今，父親似乎遺忘了那些被砍下的木瓜樹。是的，很多事物不復記憶。然而我不知父親是真的逐漸遺忘，故意被遺忘，還是假意的不記得。一切很難琢磨。

尤其我約好父親傍晚六點四十分啟程去機場。父親六點還在睡下午覺。擔心他在約定時間未甦醒。遲遲不醒來會令我擔心，需要敲門喚一聲：「爸，醒來囉！醒來囉！」時間一切在匆忙中，彷彿捲入一種緩慢的敘述時間。然而父親擔心誤機的時間，比預期時間更早甦醒。父親喚我先吃點東西，母親在廚房忙蒸熱食物。父親自責沒買些包點上飛機予我。我說沒問題，飯桌上還有很多食物，弟還特地買了燒米數十粒──驚人的數量。我吃著母親經典的苦瓜炒蛋、巴固蕨炒江魚仔末及炒碎木薯葉。父親僅在旁吃著一碗滲透蛋黃的粥。他食完後，搬運我樓梯旁的三件行李上車。

一路上，不太敢正眼凝視父親。瞥眼時，父親黑白參雜的胡茬未清理乾淨。他慣例地叮囑我小心。未抵達機場時，我請父親轉上直入機場的門口。父親健壯的搬運自如，嘴中吐出沒問題。載物下車後，父親沒直接離去，竟然初次陪我一同走去亞航櫃檯，一再提醒我有三件行李，別忘記拿。我說是的，我會記得。行李寄進機艙一件，父親再提醒我，別忘記。父親陪我一直走到不能再走的檢查機票處。我第一次瞥見父親守候門外，彷彿忘記回去，在我提著兩件行李進入暫時與他分離的機關處。他未走，我一直回顧，我奇蹟地發現此人是我父親。過年我一直陪他看ASTRO電視，觀賞胡金銓《龍門客棧》系列電影、重溫李小龍電影等。似乎他還記得，在意過我今次又再次即將離去。

人狗互動

家裡豢養了兩個狗。母親欣喜地如此稱呼寶貝狗。這對狗兄妹似兩個人，並非「兩頭狗」或「兩隻狗」。雖然妹妹僅報以友人白糖「換來」這兩個非名種狗，但兩個狗卻意味著「家庭成員」版圖無形中逐漸在擴大。為示尊重，我嘗試不以牠們相稱，暗爽了兩個狗，受寵的身價再度抬高。

這狗兄妹，遇我過年返家，除了搖擺至欲斷的短尾，咖啡褐黃的狗妹，前肢不客氣地撲上我牛仔褲的膝蓋高度。未見兩個月，狗兄妹拔長不少，難以消受的熱情依舊噴著火。毛色較白的狗兄不甘示弱，速圍上來，猛嗅狂聞之餘，還吐出舌頭濕舔。猶如濕吻，但那口水更嚇壞人。我拎著行李逃入屋內，狗兄妹亦想乘機隨人入門。那狗頭才伸入大門的鐵閘，我不顧一切連狗牙狗鼻隨手一抓，猛推出去。狗妹頭顱較小，伸入鐵閘門的縫，我連忙關掩大木門，呼出一口氣。戶外的妹妹、母親與狗兄妹玩成一團，人狗互動，還對狗說話。隔鄰不知如何揣測家人鎮日有事沒事對狗單向說話，還相信狗聽得懂人話。

狗兄妹愛咬紙，但不咬黎明丟進前院的晨報，似懂得分辨主人待用物件。雖然紙屑咬碎滿地，母親妹妹還不至於斥罵，僅晨晚打掃乾淨。黎明早起找晨報時，縮在狗屋的狗兄妹聽見開鎖聲，機靈守候戶外。步伐剛跨出鐵閘門，狗兄妹奮不顧身地撲上來。狗妹興奮到在我小腿抓傷一道血痕，嚇得我以最快的速度拾起報紙，連忙以半嚇半逃的方式潛入屋內。報紙偶爾藏躲車下或前院神秘角落時，我手執籐條，心才安下來。狗兄妹聰明地知曉這武器僅是驚嚇作用。當我發現情勢突變，稍微使力揮打籐條發出咻咻聲時，膽小狗妹獨自開溜一旁守候，或退避後院；狗兄依然不當一回事，照舊跟屁蟲左右前後緊貼，或機靈地假伏地上隨機應變，眼珠子左右上下轉動靜觀。

我歎狗兄妹命好。人未吃飯，狗先餵飽。母親擔心狗食罐頭拌飯偏鹹，狗兄妹食後大量脫毛。那飯還是特意洗鍋新煮的。我假意詢問母親為何不悠哉過活，還常煎煮妹妹特選的小甘望魚至滿室生香，賺來侍候的狗兒在門外吞口水往屋內猛瞧。一尾尾煎魚，母親還細心剔骨挑刺，弄碎魚肉拌飯。我忙諷刺哪有不吃骨刺的狗，竟然比人好命。骨頭不給吃，倒有假骨頭當玩具。每當我步出戶外晾衣於竹竿上，狗兄妹懂事地旁伏，眼緊盯著我，然後顧自玩起假骨頭至其皮剝脫，不打擾我辦正經事。手癢撿起假骨頭時，狗兄妹還以為我想逗玩，連忙撲上來。手指不小心碰觸滑膩噁心的狗唾液時，急忙棄於地上，逃入屋內洗手。

家人沒白疼狗兄妹。大年初六凌晨，狗兄妹狂吠，驚不醒安眠的家人，卻引來鄰犬吠聲四起，左鄰右舍圍聚家門外，嚇跑了籬笆外，一群自不遠小山攀爬下來的印尼外勞。隔天報警，驚覺他們在山上搭了四個帳蓬，行劫籌劃終告垂敗。我讚狗兄妹確通人性，識時務狗為寵物，怪不得虜獲家人歡心。原來狗也需要討人歡心，才能不斷提高其於主人心中的地位。

即將離別的傍晚，母親手執籐條，追逐逃出戶外的新寵兒。我腦中映現童年時期，母親追逐我們窮跑的畫面。母親閒賦在家，尋找到另一種新精神寄托。她為狗兄妹煮飯洗米倒水，狗兄妹沒跑去水溝看水流時，母親反而催促，怎麼還不快去看，然後嘴中叨念：「你們幾時才會長大？」移情作用，聽後，我眼眶莫名紅了。

筍殼精神

在醫院門外的長凳消耗稍長的等待時間，母親竟然提起筍殼（順殼）精神，精神為之一奮。筍殼是我在士姑來多年後，學會稱呼的一種價碼略貴，蝦虎魚亞目中的淡水名貴品種。母親、大伯、堂哥、家鄉魚商等皆稱嘟嘟，似那魚的臉，面頰鼓鼓，小娃娃似的。事實是筍殼模樣並不可愛好看，可能是皮色褐黑，可能是個人審美觀問題。

小時候喜歡玩嘟嘟魚。尤其是堂哥騎著摩哆送魚給母親，母親那時在店前忙著電頭髮。各民族年關將近時，嘟嘟常擱在洗碗盆，離水仍然能用皮下豐富的血管進行氣體交換，退化的呼吸器相當於前期的肺。因此，嘟嘟在保持皮膚濕潤的室溫下可存活很長時間。頑強的生命力，不似大多數的魚類，離水幾分鐘，因鰓難以呼吸空氣中的氧氣而身亡；不似鯨魚離水擱淺在海岸，體重會壓壞身體的器官。嘟嘟就這樣乖乖地躺在洗碗盆，任由我們抓玩輕戳，身子坐禪入定。它可能感覺身高，亂蹦活跳白費氣力，弄巧反拙。魚體表鱗片梳齒狀，反向摩擦容易傷害皮膚，誘發感染，所以我只敢偷偷順鱗片撫弄。

嘟嘟學名雲斑尖塘鱧或褐塘鱧。大者體重可達五、六公斤，比手臂粗壯。肉食小魚小蝦、底棲，亦似母親指的喜歡鑽進泥土。穴居性魚類，畏光、常藏於石頭縫隙、洞穴中，體表的顏色會隨著周圍水質和環境而變化。西馬叫價可達一公斤馬幣百多元，而新年期間逛古晉七哩菜市，每公斤才廿元。與早期家鄉一公斤三、四元相比，如今在新山、海番村或閩閣吃嘟嘟，直呼天價，怪不得嘟嘟大多數輸出東馬。

嘟嘟肉多而厚、白皙滑嫩、骨刺少、味鮮香，吃口好。新鮮的煮魚頭鮮湯、豆腐湯或母親的拿手港式清蒸、潮州蒸等，家人特愛。若放在冰箱略久，新鮮度稍差（不等於不新鮮，母親自掌廚時嘴特刁鑽），先煎後煮紅燒或醬油，紅黑大賽難分難解。亦有人煮油浸筍殼、野茶油燒筍殼、黃辣奇味汁錫紙火焗筍殼魚，並非母親傾心的煮法。

母親提起筍殼精神，凡是自河中抓起的筍殼，養在缸中逾五日，肉質大不如記憶中的美好味道。因此，若相信在海鮮店付了昂貴費用，就能嚐到鮮美的筍殼，尤其是筍殼精神，那絕對是食魚外行，只有靠邊站的份。怪不得朋友嫌我食魚特刁。在母親長期灌輸的吃魚精神，凡沾有腥味的魚類，難上家裡飯桌，不然最後的命運亦是近乎沒人動筷。記得某次北上同學家，其家人盛意難卻，桌上僅有的醬油煎魚夾放我碟上。我僅聞到腥味逼人，幾乎是停止呼吸吞下難忘的經驗。

難得引出筍殼精神，我對身旁的弟弟說，與你在貓眼嶺開海鮮店的好友說，千萬要記住筍殼精神！或許他早已知曉，畢竟是繼承父業的專家。他店的麥片蝦炒濕的，與鉗有手掌般粗的甘香螃蟹，乃海鮮二絕。

戀戀木薯葉

每回返家，妹妹愛嚷終於有口福嚐到木薯葉了。言語略帶誇張，彷彿我是木薯葉代言人，木薯葉會隨我隱現。事實是家人懶於搗碎木薯嫩葉，所以煮不成這道菜餚。與此同時，不能排斥家人知曉我深愛木薯嫩葉，在新山偶爾憶起時還偷嚥下口水，每次待我返家特別招待。鮮嫩木薯葉若不用臼搗碎，而改用攪拌器攪碎，刁鑽舌頭難忍口感略差，寧願擺吃。因此，屢次歸返古晉，舌尖必須點觸的，除了下飛機去泉春吃砂勝越叻沙；隔日吃捲曲哥羅麵或福州乾盤麵，或選擇

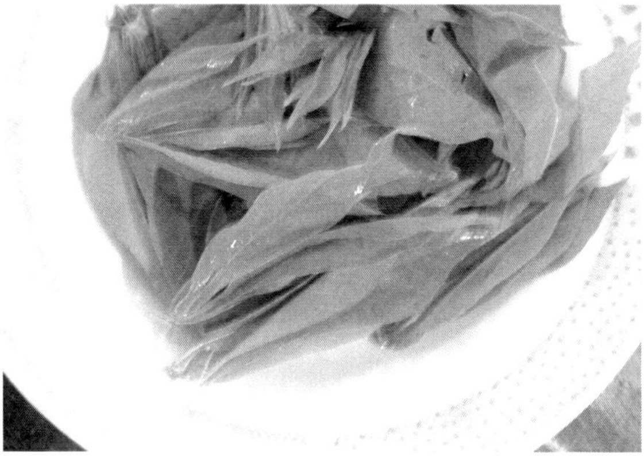

剛摘下的鮮嫩木薯葉，待搗碎成戀戀之物。

蔡明亮家人的大碗公麵；抽出時間赴福海吃燒賣、關帝廟前吃冬粉肉丸湯；臨走前吃貓眼嶺弟弟好友阿輝的麥片蝦炒濕、巨螯甘香螃蟹、薄脆香酥，似超大碗公的蠔煎、香茅炒螺等，其中不能缺的是上菜市買蕨類米靈、芋莖炒蝦米蝦膏、椰心煮豬肉腐竹咖哩、炒木薯葉、榴槤花等砂州伊班族野菜，尤其是炒木薯嫩葉及米靈，是家人心頭所好。

木薯鮮葉富含營養物質，尤其是相當好的蛋白質，遠高於玉米，甚至媲美花生與大豆。木薯葉蛋白的氨基酸營養價值很高，介於黃豆粕與魚粉之間，是一種極寶貴的蛋白質來源。砂州詩人藍波《砂勝越雨林食譜》提及，稱此佳餚為「滴得」（didek）。做法是：「嫩木薯葉搓碎，加少許鹽讓它爽脆，用熱鍋快炒，起碟備用。烤香的蝦膏、小紅蔥、紅辣椒和蝦米搗碎爆香，加入椰漿，再放入木薯葉和黃心蕃薯；蕃薯的甜，蝦膏蝦米的鹹，是天然的調味料，無須再下糖或鹽。」

家裡做法煮法略有差異。首先是起大早陪妹上菜市，買新鮮食材。想起同鄉作家梁放曾提及愛逛菜市，瞥見菜市的山果野菜，追問不識的新鮮食材。過年期間的菜市，伊班婦女賣的野菜，價錢不比華族的蔬果便宜，似乎對準外來歸鄉客迫不及待，非買思念已久的家鄉野菜；本地家庭主婦過節略嫌吃肉膩，選點清淡野菜清腸胃。兩元一束小小把的米靈，不足炒一碟佳餚；兩束木薯葉四元，返家仔細摘其綠油油的木薯嫩葉後，才那一小撮。木薯嫩葉放入盆中浸水去除氰氫酸。氰氫酸含量高易中毒。家中炒嫩木薯葉不似藍波的搓碎法，而採用細細搗碎法。然後再搗碎小紅蔥、紅辣椒、香噴噴的豬油渣，以江魚仔代替蝦膏與蝦米（美味食物排除健康可能性），皮膚敏感的父母亦可淺嚐。配料搗碎後，先下鑊炒至香味四溢，再倒下搗碎的木薯葉快炒。完成後僅獲不大一碗，足見其珍貴，彷彿需要一小口一小口送飯，不消片刻，那碗落得一片乾淨。

木薯葉經常還引來不遠的老同學加筷添飯，似乎她家裡也懶得搗碎木薯嫩葉等過程，尤其沒自備豬油渣，炒木薯葉似乎少了靈魂。家中僅炒木薯葉，未曾取之似伊班族或非洲坦桑人煮湯，味略苦；亦不煮咖哩木薯葉，或似非洲安哥拉貧民，在主食木薯粉或玉米粉沖搗的團狀物中，加上木薯葉粉一起沖。

枸杞明目

枸杞明目，小時母親常掛嘴邊。印象深刻的是母親煲藥材雞湯時灑些枸杞，但小孩愛當藥材為毒藥，怕吃那軟軟紅紅的顆粒藥丸。母親為了遷就小孩，事後往往撈淨藥材，僅留濃湯藥味於碗中。因此，外婆、大姨煲的藥材雞湯，碗中橙紅的枸杞特別礙眼。

杜杜在〈神仙品格話枸杞〉中提及枸杞的釋名，李時珍說得中肯，「枸、杞原是不同樹名。枸有刺，杞作條狀；而枸杞兼兩種樹的外形特徵。」而母親亦曾買過莖沒刺的枸杞，說還是有刺的好吃。枸杞別名甚多：枸棘、苦杞、甜菜、天精、地骨、地輔、地仙、卻暑、羊乳、仙人杖、西王母杖等。紅紅的果實稱甜茶子、狗奶子、地骨子、枸茄茄、紅耳墜、血枸子等。《本草綱目》記載若枸杞久服，「堅筋骨，經身不老，耐寒暑。……補精氣諸不足，易顏色，變白，明目安神，令人長壽。」

母親愛插種拔除綠葉的枸杞枝，粗生易植，況且母親有金手指，凡經其手栽種植物，花特大朵，菜特蔥蘢，番茄纍纍，蔥還開花呢。因此自小要吃枸杞葉（天精），在後院拔幾枝，摘其芽，葉置籃內，洗淨蝸屎泥痕，即可下鑊。此葉能「消熱毒、散瘡腫……除風明目，作飲代茶，止渴，消熱煩，益陽事，解面毒，與乳酪相惡。」我偶買枸杞葉，煮道枸杞雞蛋。先爆蔥蒜，將加鹽肉碎微炒，枸杞葉下鑊後，加些粗鹽、黃糖、高湯調味。冰箱若剛好沒肉碎，以江魚仔代之。灑些微泡的枸杞，上碟的枸杞菜紅綠相映。最後必須下粒雞蛋，蛋與枸杞菜是絕配。杜杜寫枸杞雞蛋時，註明枸杞葉需切碎，雞蛋另炒得嫩嫩的再倒入枸杞葉略炒。記得瑞獻請吃新加坡沙田餐館的粵式中餐時，桌上佳餚備有高湯枸杞菜，似在古晉，炒蕨類已成桌上不可缺之宴客本地名菜。煮炒油麵、金蛋麵甚至美極面時，加些枸杞葉亦增添風味。

枸杞肉丸雞蛋湯，是母親的拿手好菜。準備新鮮枸杞葉、手剁的肉碎摻魚肉、鹽及薯粉，搓成肉丸。為節省時間，懶得搓肉丸者，亦可快手捏一把一把的丟進湯內。母親爆完蔥蒜，加水煮滾後先下肉丸，湯滾後可下枸杞葉，最後別忘下顆蛋，不然缺了食物之魂似的，吃得不起勁。偶爾略嫌枸杞肉碎雞蛋太單調，我會抓點紫菜、海帶芽下湯，帶點東洋風味。杜杜介紹港人吃的枸杞豬肝湯時，提及煮湯時，預先將枸杞莖放在冷水中，煮滾後撈起去掉，吃來更有益。我不曾見母親做此動作，可能她珍惜其莖，葉拔後還可插入土中，重新翻種。

煮綠豆糖水時，除了倒入浸泡的碩莪顆粒、抓一把枸杞下鍋，橙紅在墨綠中相映成趣。將特選的枸杞混著腰豆、無花果、黑黃葡萄乾等當零嘴，看電影或在家看影片時，是雙重享受。

採三葉穿心蓮

父親七十一大壽晚宴，我及時趕回古晉，難免在酒樓吃點油膩肉食，返家準備採三葉穿心蓮吃。小叔晚宴時提醒我，回家後記得吞服三葉穿心蓮，甚麼蝦蟹魷魚毒，一併蕩然無存。小叔還傳神加上一句，我們生來就是嘴饞。

小叔三、四年前教我如何生服穿心蓮葉。不似父親內服煎湯或小弟吞服穿心蓮葉後又反嘔，最後選擇比較傳統方式——穿心蓮葉泡熱水喝。小叔生服方式比較特別：採擷三片穿心蓮葉，洗淨後相疊起來，似棬葉捲起，然後撕碎揉成丸狀，和水服下。千萬別用齒咬，更別嚼，那會苦慘舌頭，口中苦味久久難散。我哦哦的聽小叔叮囑。

穿心蓮開白花，據《中華藥海》記載，花蕊似蓮，其花蕊穿心而過，因此獲名。新山古來一帶，友人稱蛇草。其別名殊多，近二十個，如一見喜、欖核蓮、印度草、斬蛇劍、苦膽草、四方蓮、四方草、雄膽草、春蓮夏柳、日行千里、圓錐須藥草、金香草、金耳鉤、苦草等。

在家體內發熱氣、咽喉微疼時，我似家中院子裡的寶貝狗，自動尋覓藥草自療，摘幾片穿心蓮葉生吃。效果十分見效。若吃肉類海鮮等，怕引起身體不適，服後整個人輕鬆起來；紅腫的痘痘無需其他藥物，百吃皆見效。口腔潰爛，無論破小洞或大洞，搽上友人研製成末的穿心蓮葉，確實是良藥。若經常口腔潰爛，建議清晨早餐時，生吃黃瓜切片與水果乳酸菌，雙管齊下。

除此之外，穿心蓮主治急性菌痢、胃腸炎、感冒、流腦、氣管炎、肺炎、百日咳、肺結核、肺膿瘍、膽囊炎、高血壓、鼻衄、水火燙傷、毒蛇咬傷。無論如何，此葉性寒，不宜多吃。某次，工作忙碌，晨昏吃三葉，連續幾天（通常都安然無恙），豈知胃過寒而身體虛弱，再加上天氣晴陰不定，日暑熱夜寒冷，導致發燒數日，趁機休息幾日。

由於長期服食穿心蓮葉，母親將其籽放進紅包袋（可能希望我順利栽種），讓我帶回士姑來。結果沒金手指，那種連仙人掌都種死的衰手，屢試屢敗。我還試過自家中帶了種在塑膠袋，飛越南中國海，最後不知為何它們難逃厄運。氣餒之餘，某清晨在學院花圃中閒步賞花，偶遇一株株的穿心蓮。日後，搜尋其芳蹤，每次「偷」採幾片「保命」。偶遇經過者，我笑稱保命草。上得山多終遇虎，避不開花王撞見的驚魂之晨。他反而聊起草藥經，大方說，種來大家一起享用。他十三歲即知穿心蓮功效。

某次在樹下招惹毒蜂攻叮，他馬上找了穿心蓮葉咬爛貼傷口才去見醫生。「竊」葉成性，撞見大病初癒的花后（花王太太的尊稱），亦攀聊起來，促進彼此原本生疏的同事情。或許下次辦活動時，他們搬在臺上的植物更賞心悅目，這樣才沒辜負穿心蓮的苦心。

年夜飯

準備寫篇年夜飯，那得從醞釀氣氛，凝聚氛圍開始。於是我觀賞中國第六代導演張元的《過年回家》。此片借除夕夜展開事隔十七年後，被關在女子監獄的陶紅（因五塊錢誤殺繼父之女），因表現優越，過年享有回家幾天的假期，與家人同歡共慶。事實是她連住家搬遷都不知曉，還需女隊長協助找到生母繼父的新住址，陪同她回家，才算完成了這艱難的回家旅程。她倆的年夜飯是在路邊吃幾個餃子，回家後，母親弄點吃的，簡單解決。電影重點沒放在年夜飯，似另一部黃健中執導的中國影片《過年》，李保田與趙麗蓉飾演的老夫妻，在除夕夜久別重逢（丈夫出門賺錢半年），兩人在兒女未回家的情況下吃年夜飯（事後兒女才逐一歸返），桌上堆滿佳餚，李保田喝著趙麗蓉準備多時的人參酒感慨。兩部中國影片的重點都沒焦距在年夜飯，反觀臺灣李安的《飲食男女》，以飲食為關鍵題材，開首十四分鐘郎雄準備精緻年夜飯伺候三個未嫁的女兒，同時交代了這個家庭成員，每個人的職業、個人背景及習性，算是最精彩的中華飲食演繹。

小時候母親準備的年夜飯，似寫這篇文章般需醞釀氣氛。母親自農曆新年兩個月前已經準備養幾隻半菜雞（混種的肉雞與甘榜雞），每日晨暮細心餵食雞飼料、白米飯、玉米顆等，養至整隻雞兩三公斤重。由於雞能在圍起的鷄寮走動，肉質微富彈性，口感特好。尤其是年夜飯特備的豆瓣滷雞。這道菜程序繁複，難度甚高，我連門檻都望不到的，那種花時間、精神與愛的年夜菜餚。母親在除夕夜的前一日，請隔條街的大嬸手工殺雞，去除雞羽細毛。赤裸裸的雞，拿回家後還需仔細拔除所有殘留在油黃雞皮的黑藍粗毛、發亮細毛，才能進入醃製階段。醃製的配料除了主要的豆瓣醬與壓碎的豆瓣，摻入用臼搗碎的洋蔥、蒜頭、香料等，特製成細抹全雞的醬料。抹雞過程有點似《雞同鴨講》許冠文為鴨做全身運動般重要，由裡到外都細抹幾遍，剩下的醃料全數植入雞的肚裡，然後包層保鮮膜塑膠袋藏於冰箱，醃至隔日中午。醃料滲透全雞後，首先需要雞皮炸至金黃褐色。由於全雞甚大，極考功夫。炸完後還需燜煮一兩小時，產生一種香味四溢，入口雞肉脆軟鮮甜、醬香鹹彈舌尖的效果，食後永難忘懷。我曾四處打聽，未曾在他方吃過豆瓣滷雞，是外婆的祖傳秘方吧。

浸泡如拇指般大的乾海參，費時一個月。每夜滌換清水，還需炭灰才能洗淨附在海參的雜質。浸泡完成時，海參如手臂粗狀，軟綿綿，富膠質口感，無論是煮海參雞絲黑醋湯或炒雜菜，皆是不可或缺的重要美味食材。

逼近年關時，母親取出自備於鐵桶的長尾柳魚鰾乾。魚鰾乾是大伯或堂兄的魚攤特備給母親的鮮魚鰾所製。雪白色的鮮魚鰾，僅施捨自家人。鮮魚鰾洗淨血跡，去除雜質後，以空瓶或圓棍大力桿成一片片的魚鰾片。魚鰾片放在自製的紙皮盤，罩層鋼絲網防貓偷食。艷陽天時拿出戶外猛曬成乾，再剪成一片片的魚鰾乾。備用時再炸成金黃色，浸泡後做成鮮美的魚鰾雞湯，年夜飯捧出時經常碗淨鍋乾。

母親在除夕當天起大早，五點多準備去購買新鮮三層肉、腿肉等包春捲、買大白鯧、大明蝦、油麵條及蔬菜類等。母親的炒油麵深獲家人鍾愛，從來沒落得殘剩的局面。油麵需要特選，是那種比較肥大，似馬來人的炒麵，但是色太黃鹼味重的麵條我們家基本不沾唇。所以盡量挑淺黃麵條。此道炒麵的秘訣是爆蔥蒜後炒的油麵，需灑些滋滋響的魚露。魚露與麵結合一體後撈起，再放水煮肉碎、鮮蝦、魚丸、肉丸等。此關鍵性時刻記得倒入預留的肉汁。麵條再下鑊後，放入切成塊的水耕捲菜。再撒點鹽及味精，糖具備提味作用。至於黑醬油，能增加麵條飽滿的色澤，口感更佳。水收乾後，香味四溢的炒油麵灑些青蔥芹菜，家人吃完年夜飯，接近賞煙花時，爬動不便是常有之事。

重溫馬華文壇商晚筠最後未完成的遺作〈人間・煙火〉中，當陳謹治嫁入龍記後，父女（許百洲與許典爾）關係急轉直下。人間、煙火真的變成人間的「煙火」。父女倆為了陳謹治，「除夕團圓飯吃得天翻地覆，一張圓桌四分五裂，我（許典爾）飆出龍記大門，腦袋瓜差點落地開花。」父女兩人融洽的關係，因為謹治是高中同學兼後母的複雜關係，再加上典爾從小欠缺母愛，情感長久以來「依戀」著父親，最後演變的「人間煙火」一幕，出現了父女、後母及女兒的「戰爭」。此年夜飯可以與許百洲失蹤後，典爾在謹治邀請之下，回鄉的第一個除夕夜對比。典爾在「回來鎮上的第一個除夕飯，居然會是我（典爾）跟陳謹治面對面吃」火鍋。然後典爾邀請謹治去貨棧以人間、煙火喝茶。商晚筠以年夜飯拉開了兩個女人的關係，最後再藉年夜飯拉近兩個女人的關係，同時她還故意在接下來的情節鋪下層層密碼。這是商晚筠厲害之處，除夕夜除了可以團圓，還可讓讀者一步步陷下去，她設計的故事情節。

鄰家飄來糕餅香

臨近年關，鄰家飄來糕餅香，誘人的香味引領鼻端搜尋糕餅的源頭。鄰家集合幾人，日夜趕工，忙碌地製作奶油擠花餅、鳳梨酥。她們一位忙著以電動攪拌器調製澳洲Golden Churn奶油、打散的蛋、糖粉與低筋麵粉等成乳霜狀；一位以塑膠擠花嘴（並非童年看見的銅質擠花嘴）擠出一朵朵螺旋狀奶油麵糊花，頂中央置放一粒種子形狀的巧克力；另一位將放滿奶油擠花餅的烤盤置入烤箱烘焙，十分鐘後移至鐵架晾涼。左右各兩個烤箱，按時替換，烘焙出比曲奇餅酥鬆，想表達單純的奶油香。

小時候，記得祖母老屋走不遠的鄰居，過年前常製作粿加必蛋捲（Kuih Kapit）。繞過她們家養的鵝群，我驚心那會啄人的鵝，攜帶我的表姐緊急起來會用雨傘廝鬥鵝群。成功繞過鵝群，爬上木梯臺階，瞥見鄰家婦女少女圍在客廳製作三角型的粿加必。源自中國南方的雞蛋捲，以占米粉、木薯粉、雞蛋、砂糖、摻入椰漿及水，調成麵糊，過濾兩次，夾於塗上少許油的扇型銅模內，在炭火上烘烤至淺棕色。粿加必離開火源後，刮掉模邊的碎餅，趁餅未定型，折成四分形成扇狀，或急速捲成薄薄管狀，待涼後吃進嘴裡酥脆吱吱響。

孩童過年時，偶爾吃到淺棕色的蜂窩酥。蜂窩酥的材料與蛋捲差不多，僅是少了木薯粉及水，麵糊僅需過濾一次。蜂巢酥鑄模（Kuih Loyang Mould）置入熱油內，趁熱取出，接著將四分之三的鑄模浸入麵糊中，然後鑄模置入熱油中炸至淺棕色。輕輕的搖晃鑄模，蜂巢酥將慢慢遊出鑄模。取出炸好的蜂巢酥，置放吸油紙上待涼即完成。由於油炸食品相對比較油膩，不敢多吃。至於番婆餅（Kuih Bangkit），我喜歡以前住在我家對面的同學母親做的，放入口中讓餅緩緩溶化於舌上，與吃各種動物形狀的綠荳餅有異曲同工之妙。如今，在外頭購買的，少吃，也難以咽喉，從未產生購買的興致。

在家鄉，三姑每年都會捎來幾粒軟軟圓形的年糕，迎新春佳節，希望我們「年高」，一年比一年好。年糕可分成黃白年糕，象徵著黃金、白銀，寄寓新年發財的意思。母親常拿黃褐色的年糕祭祖及神明。若要切開新鮮的軟年糕，母親以線切開，分我們吃這以糯米粉製作的甜年糕。過了一段時日，未吃的年糕會變硬，適合切片沾蛋漿煎牛油來吃。口感鹹甜適中，好吃卻帶點油膩。

常聽留學中國的老師說中國的炒年糕，也就是白色的年糕。赴上海時，終於見識了張國立所言的上海蟹炒年糕是人間絕品。炒年糕重點在於年糕要如麻糬，口感有點嫩、黏，但不沾牙。尤其是上海圓苑餐廳的蟹炒年糕，醬油用得恰到好處，年糕入味有嚼勁。若嫌上海本幫菜味道過重，來個清淡的雪菜肉絲年糕，白菜肉絲年糕也不錯。若喜歡麵粉粿的朋友，可以來個湯年糕，加上菜、肉等佐料。如果喜歡甜食的，可選擇豆沙年糕湯。

每年除夕夜之後，母親或妹妹將會油炸之前在烈日下曝曬的沐膠魚餅或蝦餅（哥羅薄keropok）。由於曬過，炸後發起來特大，夾盛甜鹹酸辣的阿查（acar，醃切絲黃瓜、紅蘿蔔、薑絲、芝蔴做成的美食）配搭吃，人間第一享受。中學時特愛品嚐同學們家裡各具特色的魚餅阿查，有小片如木耳的蔬菜餅、中型的蝦餅、還有在外婆家的粉紅色蝦餅等。由於燥熱，如今少吃，最多吃個一兩片馬上喊停，怕喉嚨不舒服，汽水更是少灌，喝點紅酒還蠻享受。

過年期間，一邊看影片，一邊揀吃擺在眼前的無花果、核桃、腰豆、開心果等；翻閱書籍，閒來吃幾粒黃梨蜜餞、山楂餅等，讓忙碌的日子輕鬆悠閒。偶爾還是手癢，拿起鳳梨酥讓舌尖充滿奶油香，甜滋味，過個好年嘛！鄰家的餅香溢滿空間，輕聞奶油香，年關即在跟前。

你有帶千層糕來嗎？

新年後不久，在夜市偶遇多年的舊同事，她念念不忘每次新年後自家鄉攜帶過來與同事們分享的千層糕。她詢問我有攜帶千層糕嗎？我說有，然後笑笑地轉去其他話題，不說可惜已分配給同事等話語。然後介紹夜市的馬來糕點——舢舨（Sampan Berkayuh），詩意好吃的糕點。這是上次出席翁文豪畫廊活動時，他介紹我吃，但叫不出名字的好東西。糕點似艘深黃舢舨，中間聚集餡料，猶如人坐舟中央，捧著的手若稍微搖動則成舟在流動的水中央。餡料以雞肉、紅辣椒末、香料等炒熟。舊同事讚說好吃，但她念念不忘那千層糕，彷彿要我下次過年回返，攜帶一些犒賞她。當然，我無需當面跟她老實說清楚，讓她心裡念著也是好的。

那時節的除夕夜，馬來退休老師手捧兩個方型的千層糕，一直讓家人掛念。萬一除夕夜未見千層糕，妹還真擔心得嘴中叨念。擔心萬一那馬來退休老師真的沒送到，家裡過年肯定少了兩樣重要糕品。至於另外的一大盆咖哩雞肉，由於大多數是家人不太愛吃的胸肉，總需要在冰箱待放幾天，真的讓雞胸肉軟化，咖哩愈煮愈濃，才真的入味。

馬來退休老師在我多年前申請砂勝越獎學金時，與父親搞好關係，除了讓我在大學時享有砂州政府獎學金，家裡每年也獲贈兩個千層糕和咖哩雞。禮上往來，父親也贈送禮籃外加紅包，增進了友族之間的情誼。每次他攜帶其妻贈送的山楂千層糕，與綠色及巧可力千層糕，家人即刻喜悅地切成小塊先品嚐，彷彿預告了新年近在幾個鐘頭的小小儀式。吃過了千層糕，如吃湯圓，又老多一歲。

父親逐漸年邁，再加上遷移新居，父親不記得在馬來開齋節時送馬來退休老師禮籃與紅包，馬來退休老師藉著搬新屋似乎找不到父親，結束了多年來的華巫友善關係。家裡過年時突然少了兩粒招牌千層糕及咖哩雞。妹忙著尋覓其他馬來友人的千層糕，結果都是太甜，不然略嫌油膩，顏色過深，至今都未找到最適合的品種。一整大塊千層糕，往往分成小塊贈送幾位好友，而她們也互贈千層糕。結果拜年時，朋友家的糕點類似家中糕品，出現「撞糕」的尷尬場面，讓人不禁莞爾。猶如洩漏彼此的社交場域就是那麼大，從你呈現出來的糕點食物，明眼人一瞧，心裡甭說，早已明瞭於心。

擺放美麗容器的千層糕，顏色艷麗惹人，尤其是肚餓未吃早餐或晚餐前，揀一兩塊丟入嘴中到底是常事。這也似過年回家不胖個幾公斤似乎也說不過去。一兩小片千層糕卡路里抵得過一碗小飯。吃進嘴的美味，胖不胖等過完年再算帳吧。

在夜市臨別多年同事前，我沒告知今日千層糕，已非昔日美食。無論如何，僅有當年吃過，舌頭敏銳的同事或舊同事，才能分辨是非。畢竟人事已非。

突然老了十多年

忙裡偷閒，返古晉的新屋時，妹無論如何都要載我去砂州最東部的三馬丹（Sematan）。三馬丹距離倫樂（Lundu）不遠，從古晉去的車程大概一小時。在大學時期，我曾抵步亞洲大陸最南端，柔佛州的丹絨比艾碼頭看夕陽西斜。事隔多年，未涉足砂州最東部的小鎮漫步海灘，似乎也說不過去。況且聽聞三馬丹海產新鮮便宜。新山的海鮮嫌貴又畏懼海水污染，弟妹乘機要我惡補。

母親在那個清晨，站在廚房的光亮與黑影之間，炒了我愛吃的油

泉春砂朥越叻沙。

麵。油麵摻入蓄留的雞湯汁、炸過的順殼魚肉、菜花、剛熟的豬肝及灑上青蔥。那種完美，最重要的是出自母親那雙巧手。事後我翻閱報刊、澆了院子裡的花果草藥、觀賞衛星電視的ＭＴＶ最新動態、閱讀《巨匠陳瑞獻》、給父親推拿肩膀上那塊酸肉。半天飛逝。

時近中午，妹載我去艾貝爾路的泉春茶室吃香辣齊俱的砂朥越叻沙及三色奶茶。那特製叻沙香料熬了雞骨，摻入鮮椰漿的湯料，配上主食米粉、中型蝦仁、雞絲、燙過的豆芽及散發清香的香菜，是砂州一絕美食。妹夾給我香菜，嫌臭，死性不改。在新山，我最懷念的還是此物，因為哥羅麵、乾盤麵在皇后花園可尋獲；茄汁粿條及巴拉煎米粉我已許久沒沾唇。友人曾買叻沙料試煮，工多繁雜，卻屢試不成功。我僅望梅止渴的在南院嗅聞，某位砂朥越講師懷念家鄉時，飄散在空氣間的飄香。

下午天氣涼爽。車由古晉五哩出發，拐入往石隆門的方向。哥哥們都住在產金礦的石隆門，彷彿如此，就可以大挖金礦。之後邁入前往倫樂的路上。十年前，此路砂石蹦跳，小哥載著我們至半途就無功回返。如今，一路通暢地望著遠遠白霧迷茫的馬當山脈。那如畫的一層深藍、一層紫藍、一層淺藍在白霧隱現中，呈現婆羅州雨林的神秘。抵達三馬丹海灘，天空微藍，白雲疏捲，懶散的舢板閒臥沙灘上。我想起今早翻閱《巨匠陳瑞獻》中的《詩之顫慄》油畫。陳瑞獻以在夏威夷的海灘漫步時，構思創作了一則寓言、一幅油畫，然後設計了「花蹤」文學獎的雕塑獎座。尤其是寓言中首句：「海鷗對玫瑰說：『那海洋一層鈷藍、一層普魯士藍、一層孔雀藍，就像你身上一瓣瓣瑰紅那樣，要在畫面上才能有清楚的描繪。』」

在沙灘椰樹下品嚐我端午節錯過的肉粽。妹特意摻入三峇的肉粽，吃起來口頰留香。碼頭不遠處有巴剎攤鋪擺賣剛從魚網撈上來的魚蝦蟹。躺在桌上美麗的鸚鵡魚，中看不中吃。妹橫掃了幾袋的馬鮫、白鯧、石班、鰈魚、大明蝦等，放入預先帶來的寶麗龍冷藏盒，注入冰塊。越過一條小徑的菜巴剎，我購買伊班族野菜——木薯葉、大芋頭莖等。我特愛吃搗碎的嫩木薯葉，炒搗碎的辣椒、洋蔥、蒜頭、豬油渣、江魚仔或蝦米。妹常逗趣地說，家人懶得搗碎木薯葉，所以每次癡等我回來，才有機會吃此佳餚。

弟領路去村中的海鮮館。抵達後，他迫不及待的點了蠔煎、大螃蟹、峇拉煎炒野蕨「米林」、海參湯等。此處的蠔煎，煎成薄薄圓圓的大餅，咬下有脆爽的口感，不似新山濕黏的蠔煎，令我望而卻步。肉飽滿的螃蟹炒蛋。其實我更鍾意母親的螃蟹炒醬油，然後蟹黃濃汁，打粒雞蛋煮成蘸醬，又可配飯。剝開蟹鉗蟹腿，咬下去的蟹肉還冒點汁，美味香甜。峇拉煎炒野蕨「米林」，清脆爽口，新山沒人欣賞，這裡可是砂州名餚。飽食後，妹意猶未盡地吵著明天要去貓眼嶺海鮮美食中心吃炒濕的麥片蝦、鳳爪炒辣椒乾……車直抵倫樂海邊時，夕陽西下，弟告知正興建的咖啡廳惹來隔壁餐館的白眼。徐徐吹來的海風，幾位村民坐在樹下閒聊。

抵達家門前，風雨來訪。舊同學準時前來敘舊。她坐在我家客廳沙發上。她哥驀然來電說寫詩的志偉今早鼻癌逝世。她哥是志偉的工大同學，而我是在她哥協助選科系填表格之下，順利進入工大。我錯愕了一陣。志偉不是才新添了第二個孩子。我們有九個月失去聯絡。他病復發後，拒絕與朋友們來往，怕朋友擔心，怕觸景傷情。一切突如其來，似我去三馬丹遊玩，歸返前遇到風雨飄搖。一切沒預兆，我以為僅是回家度假這麼簡單。一切彷彿回到從前，我未進入士姑來工大，舊同學就在我面前，她哥打電話來。而這麼碰巧的，我們都認識志偉。驀然間，十多年就此流逝。我們突然老了十多年。

國慶返家

國慶返家，彷彿愛國愛家。剛從機場抵達家門口，感覺母親蛻變成另一個人，正坐在電視機前目不轉睛地觀賞電視劇《東方之珠》。聯想起早年家鄉隔壁幾家的鄰居母親，我們經常會不小心從屋頂鋅片曬衣處，窺見她終日無所事事坐在電視機前觀賞臺灣的楊麗花歌仔戲。如癡如醉的表情，是一種生活上的幸福。電視劇時段一過，母親依然記住孩子歸返，捧出醬油腐竹燜煮的花肉，咬嚼舌感恰到好處。再加上新鮮馬鮫魚（外皮銀色花紋呈圓形狀，呈條形狀略差）自製魚丸、煎皮脆肉軟的豆乾蘸指天椒醬或泰國甜辣醬等，確實有歸家之感。弟弟由外面打包了古晉三哩的乾盤麵，加速我身處在家的感覺，彷彿正進行日式捧跤手增胖計劃。事隔幾日，他再打包達萬再也的醬油乾盤麵，我有點驚為天味，很久沒吃到如此可喜的福州麵食滋味。

週末清晨相約中學同學時，其夫喜歡鑽蔡明亮家人的「大碗公」吃豬排麵，而我專挑榨醬麵，慢慢消化鋪著的紅蘿蔔絲、黃瓜絲、肉碎等。週末客滿，等得快老掉，但是同學夫婦依然每星期報到，可能是廚師堅持每碗麵出自廚藝純熟之手。最近在新山彩虹廣場區域吃到一直喜歡的特色麵粉粿，竟然成了機器切出來扁平整齊的恐怖東西。沒口感，完全吃不出麵粉粿手扯過的觸感「韌味」。而我特意追問老闆兒子，是否改用機器處理麵粉粿，他反而理所當然的回應，彷彿順應潮流，時代進步，少人工，多產品，值得炫耀。事實是改善之後，此店已列入黑名單，失去了以後拿稿費時，吃的些許樂趣。

其實經營難忘美味食物的，或可參考弟弟好友阿輝，繼承父業的古晉露天「貓眼嶺25」海鮮館。貓眼嶺，彷彿打開古晉（貓）食物的靈魂之窗，臨別前，拜訪此店的經驗難忘。尤其弟提起廚師的專業程度，我比看到老闆輝的臉頰略胖一些還要吃驚。若比較他拜年時瘦削模樣，不似餐廳老闆。輝母依然旗袍裹身，光彩艷人。她熟稔地前來向母親打招呼，弟猶如她乾兒子。她說齋戒月伊始，顧客不多，第二個星期後馬來人才會陸續走進海鮮餐館，所以今天賺的都不夠支付人工。我環顧四周幾十桌，有七桌洋人正興起地吃海鮮。我向弟打聽餐館請了多少幫手時，弟跟我解釋為了控制菜餚質量，如煎蠔廚師，僅煎漂亮薄薄脆脆的蠔煎；煮魚的師父只管煮好魚，連殺魚去鱗等另有專人侍侯。那專人剛好胸腹前裡層透明的塑料走向洗手間。我驚訝他們的專業程度時，弟在之前SMS預訂的菜餚陸續上桌。

第一道蒸薑絲竹蟶。家人都目瞪口呆，竹蟶捧上的不是炒咖哩、葡萄牙燒魚法等重口味醬料嗎？弟忙解釋新鮮到適合蒸，吃起來口感特佳。初次發現蒸薑絲竹蟶，將其原汁原味，似運功用甚麼掌真正逼出甜美肉汁，不需一點腥味。反而隔天友人請客吃飯時，點的咖哩竹蟶，終於可以隔一日真正比較竹蟶原味，與強烈咖哩掩蓋非真正的海「鮮」滋味。食過方知其鮮味難忘。

醬油薑絲鴕鳥肉上桌時，母親說鴕鳥肉用蕃薯粉醃過，所以口感比粟粉更細膩。母親戒吃蠔油，沒炒蠔油的肉類，彷彿試探廚師的功力，依然香噴可口。清炒有機嫩蕃薯葉此時端上來，確實高明的香嫩。重頭菜——奶油蝦炒濕是妹熱衷的佳餚。餐館通常都將奶油蝦乾炒，煎炸的氣味較濃，吃後常發熱氣。奶油蝦炒濕將煎炸鑊氣調和，讓其味更滲入蝦頭後剝兩、三節殼的蝦肉，吃起來奶油與蝦甜的滋味結為一體。妹特愛，還曾詢問弟希望向輝打聽烹調法，但未得真傳，屢試不爽。

離開貓眼嶺25前，妹還特意打包兩隻螃蟹炒蛋。特地選雌蟹，有橙紅蟹膏，當做夜宵。我懷念起母親早年在大雨滂沱時煮的醬油炒螃蟹，尤其是醬汁加粒雞蛋，煮成稠狀，冷天吃剛煮好的醬油炒螃蟹，剛剛好的滋味至今常駐記憶深處。帳單遞來時，似最近去哥打峇魯吃泰國海鮮，眼睛突出來都不敢相信是真的，簡直是買一隻蟹，送三隻蟹，再外加幾條龍蝦。

膽固醇過高的夜晚，回家首件事既是在前院避開兩「個」狗圍繞身旁要撲向身體的危機，趕忙摘了三葉穿心蓮回屋洗淨、撕碎、揉成一團和水服下「保命丸」。

臨上飛機返回新山前，亞航突然宣佈延遲四小時的班機，服務人員被搭客圍攻說快揪出經理，要狠狠地揍他。我看不下人擠人醜態百出的場面，服務人員還邊派簡單的麵餐券，邊請大家稍安勿躁。我請妹載我先回家休憩，陪母親吃她的晚餐。然後弟妹特邀去三哩吃乾盤麵，還點了一份夠力的黑豆排骨湯。臨上機前的意外掃興成了溫暖的驚喜。

輯二。

解禁食言

砂勝越哥羅麵。

不知是為了討我歡心，還是你也愛上我的鄉愁，詢問想去哪裡吃晚餐時，你會驀然地殺出去吃「砂勝越哥羅麵」。我一定興致勃勃的點頭說，好哦。於是我們出發，從南院大門向左邊兩旁大樹蔭的反方向開出大路，繞道去對面的皇后花園777海鮮美食中心。我指向後面的大樹蔭說一年三百六十五天南院最美的地點，就是在清晨時從金山嶺慢慢走下山坡一直到南院大門口的那段路程。你附和說是呀，那有小亭流水蓮花池的人工花園僅能陪襯一片遮陽的樹蔭。

車子開出路口，經過開張不到一年就被收購的Xtra超市。車子在天橋底下奔馳，路過進入胡姬花園的路口。然後在蜆殼油站的第一條路徑，隨大多數流動的車輛拐左，抵達原本號稱新山最大的金馬揚廣場的路口。排長龍的小塞車再現，即使沒交通燈，尤其是下班時間。那路徑小，駕駛者小心翼翼的避免旁邊轎車強吻。金馬揚廣場未建好就淪為廢墟，屋瓦破落、支柱撐天、鏡片落滿地而開花、停車場與店面在沒屋頂遮掩之下，水淹及膝乃平常事。那天李添興導演路經此地時說：「是拍鬼片的絕佳地點。」果然很傳神。

金馬揚廣場在易手過兩三次後，即使補建一條方便購物者從左到右的通道，最後只便宜了我們，如今善用此道，更快抵達目的地，解決轆轆飢腸。車子趨近國光華小，駛進皇后花園，奔向不遠的皇后廣場後，拐右。榴槤、山茘枝到處賤價的售賣。我開你的玩笑說，猜猜看為何榴槤跌下時，從來沒誤傷撿榴槤的阿伯。你正經八百的說因為榴槤長眼睛，不似椰子直墜時，擊傷人頭釀悲劇。我說因為榴槤的刺怕刺痛阿伯。你罵我無聊時，我們經過「一家人美食閣」店外，正宗砂勝越哥羅麵的麵攤。那胖女業主還未開始營業，都快晚上七點了，怪到無藥可救。之前我們挨餓地等，跑去隔壁的漫畫店，瀏覽一些日本漫畫、電視小說、日劇、韓劇……，期望會在沙礫中撿到金屎。

你那時未婚，是我們的飯友，愛載我們來享受胖女業主的哥羅麵，說比777更大碗，吃得特飽。你的論調趣味十足：由於胖女業主的身型，因此給予顧客的份量特別慷慨。你說若不相信，我們可做對比。正如你所言，份量確實多了一半。果然是詩人敏銳的觀察。雖然，胖女業主煮的麵食本質是接近砂勝越哥羅麵，但是她配搭的佐料讓我不敢恭維。我經常請她別放紅燒肉，青菜要多一點。她會淋上特多的肉碎，捧上一碗湯，浮蕩著兩顆雲吞。那雲吞肉餡有如酸梅仔般大。最讓我介意的是她好心地贈送幾粒炸雲吞，抓了一把正方型的炸雲吞皮，堆滿了一座山似的碗。再加上她放的蔥油特多，吃到最後略嫌膩。凡是砂州人都知曉哥羅麵長甚麼樣，配甚麼佐料。哪裡會殺出炸雲吞、炸雲吞皮。屢次勸她別放，她偶爾會忘記，故意的好心加料，似乎如此就可以討好士姑來這一帶的顧客。我常懷疑她到底是哪裡人，雖然口口聲聲來自砂勝越。哥羅麵來到異鄉打出砂勝越的名堂，卻是符合士姑來的變種食品。她煮的乾盤麵，質地不似哥羅麵被電成捲髮般，但是配料與哥羅麵如出一轍，味道似乎沒甚麼分別，讓我嘖嘖稱奇。

　　我那位詩人飯友最後愛上了來自砂勝越的福州女子，可能是與哥羅麵有關。因為我相信與砂勝越叻沙無關。她某次煮砂勝越叻沙時，我在專家樓底層篩選陳松沾的贈書。當我不小心聞到鄉愁時，趕緊跑上去探看為何鄉愁會鑽進南院來。很明顯的，香氣源自砂州的她之巧手。他偷偷摸摸與她形影不離後，我們也就不敢越雷池一步，飯友成了陌路人。某次他竟然約我們這些前飯友吃飯，受寵若驚後才發現，原來是她在煮砂勝越叻沙，而他因嫌叻沙的蝦有「毒」不吃，寧願陪我們吃飯。那應該是飯友告別的最後一餐。因為我再也沒在南院嗅到砂勝越叻沙的香氣，而他也沒在我們吃飯時似阿拉丁神燈的魔神突現。即使他出現了，我們可能會寒暄幾句後迅速抽身，避免打擾人家相聚之好事。到了這種階段，飯友之緣也算告個段落。

走過胖女業主麵攤的那間店鋪，留戀之前賣椰漿飯的那個小子一甕甕盛著咖喱羊肉、忍當牛肉、炸雞腿、鮮紅的亞參大蝦等馬來菜餚，尤其是潘蘭椰漿飯噴香，挑起腹內跳動的食慾。現在此處最顯眼的是臺灣香腸招牌在晃呀晃。拐右時經過賣糕點麵包粽子的檔口，買了一包奶色的雞蛋糕，母親說最容易做但亂開價的祭品。祭品除了祭祖，最重要是祭拜自己的五臟廟。每次吃祭拜後的食物，總覺得確實少了一些原來食物的味道，然後手上的毛髮就會肅立，自己嚇自己。

７７７海鮮美食中心的大螢幕正播放《警察故事》，張小姐早期未整容前的土模土樣青澀無比。我不管三七二十一點了三碗哥羅麵，因為知曉你們是無需考慮就會陪著我一起吃的。你們還叫了一盅西洋菜湯或老黃瓜排骨湯，而我只想單純地消解鄉愁之味。那最純樸，源自童年、成長一直到成人的記憶，那種牢牢套住無法自拔、無藥可救的味覺嗅覺再加上視覺的一種「饗宴」。

澆上均勻紅燒油的哥羅麵終於端上來。上面鋪了一層紅燒肉、切片黃邊白魚餅、青菜、青蔥等。一小碗湯雖不似砂州純種的肉味清湯撒些青蔥，但是有我愛吃的紫菜。吃一口ＱＱ的哥羅麵，免去了每次有同鄉回家是叮囑他們記得打包剛坐完飛機的哥羅麵的困擾。吃一口鄉愁的哥羅麵，母親在電話中總是詢問幾時會回家。哦！再吃一口，我開玩笑的跟你們說，吃不飽，我等下再打包回家，臨睡前再一次消解鄉愁後，進入甜美的夢鄉。你們笑得見牙不見臉。我相信是哥羅麵的關係，多過我言語的幽默。

僅是來吃一頓早餐

能折疊的淺藍圓桌上，擺著一小籠一小籠的粵式點心。兩塊等邊三角形的釀豆腐、三粒似水晶包透明的蝦餃、兩粒大魚丸、一小碟滷鳳爪。我嗅的麵粉粿末端上，饞起嘴來，先夾口你碟中的韭菜炒粿條，故意避開有點血腥的蛤蚌。我想起某次請老闆炒蛤蚌粿條不要放蛤蚌時，他回頭瞥了我一眼，然後你在一旁頑皮地笑，笑到嘴中的吸管掉落地上，被我罵活該。

倒了一小碟紅橙橙的正宗甘文閣蒜椒醬，嘴中嚼著蘸了一點蒜椒醬的馬鮫魚餡釀豆腐。餡肉還合我意，僅是那豆腐質地不嫩，比較像豆卜，或無意間放進冰箱結冰處而凍壞生孔的釀豆腐。我指出你曾吃過金山嶺點心店的釀豆腐嗎，無論怎樣都比這可口。我沒繼續搬出在青龍木廣場對面街的阿姆客家釀豆腐，我特愛她的茄子肉餡。那茄子與肉餡幾乎融為一體，在熱湯裡泡軟後，茄子入口即溶在嘴中，乘此良機嚼著噴香的肉餡，喝口香醇的湯。此時，我經常忘記一切，燙傷了舌頭。

新山至古來一帶聚集不少客家人，因此，客家釀豆腐、菜粄等變化多端。釀豆腐除了豆腐質地需要看家本領，肉餡更是下了功夫，有三層豬肉碎，豬肉摻上馬鮫魚肉、蝦肉、香菇碎、魚滑等各展風味。除了肉餡的變化，釀豆腐尚可變出釀苦瓜、釀茄子、釀紅辣椒、釀羊角豆、釀正方體的豆卜、釀等邊三角形的豆卜等，再加上魚丸、魚餅、蝦丸、章魚丸、蟹肉、蟹鉗肉、炸五香條……任君挑選。菜粄，新山區域亦稱水晶包，福建人稱菜糕，除了形狀呈三角形、橢圓形、圓形等，內餡以沙葛為主、亦有肉餡、韭菜餡、辣沙葛餡、沙葛香菇碎餡、豆腐青蒜餡等。好吃的菜板，蘸上辣椒醬（有自製鮮辣椒醬、乾辣椒醬、蒜椒醬，泰式辣椒醬等），夾一入口，原本擺滿各式菜板的碟子，瞬間變空盤。好吃的菜粄、釀豆腐，都隱躲在小街小巷，或尋常人家。若瞥見路邊擺賣著新攤子，在時間允許之下，經我常忍不住趨前探望，合眼的揀了一兩個試吃，可口的買一些介紹朋友。

記得南院華人族群與研究中心某次接下研究客家人的棒子，客家公會在儀式過後「宴請」大家品嚐客家道地食品——菜粄、釀豆腐，理所當然，擂茶必不能少。當今的擂茶，在其他區域還發展出鹽擂茶、糖擂茶、清水擂茶、五味擂茶、七寶擂茶等，根據不同用途與季節，加入不同的配料。如滋潤肌膚可摻入黑芝麻、黑豆等；防暑清熱加入魚腥草、綠豆、陳皮、藿香、白芍、甘草、金銀花等；春季加入薄荷、茉莉花，夏季加入金銀花、白菊花，秋季加入甘草、白扁豆、八角，冬季加入花椒、肉桂、茴香。佐料也從韭菜、菜豆、紅薯片等增加到餅乾、糖果、蜜餞、瓜子、水果等。

初嚐擂茶時，已定居新山第四年。同學無意間在彩虹廣場瞥見免費吃擂茶的宣傳攤子，馬上拉著我，在飯上拌了佐料長豆、花生碎、菜脯、九層塔、煎豆腐丁……澆上乾茶葉、炒芝蔴、薄荷等原料擂好的茶汁。整碗蕩著青綠色的擂茶，我嚐了一口，說不習慣，謝絕了他的好意。那時有生青苔湖水，腌臢的感覺。很多自小沒見慣的食物，初嚐會覺得噁心。似我三哥，只要是小時候沒沾唇的食物，他都靜觀別人的嘴型咀嚼著食物的變化。經過朋友多年來的循循善誘，再經過「短期」訓練後，再次品嚐時，腌臢的綠湖水變成了「玉液瓊漿」，亦成為保健的最佳午餐。那是事隔幾年後，常見客籍同事，在南院假期食堂沒開檔時，打包柔佛花園小販中心的某檔擂茶。我心嘴齊癢，也請她們打包試吃。她們奉勸我開始時別澆上過多的擂茶湯汁，可邊吃邊澆上濃濃的湯汁。習慣擂茶之味後，若還是不想整包擂茶湯汁倒入碗中，亦無不可。在她們悉心教導下，我逐漸愛上了全素的健康食品。當然也有愛葷的食客，加上煎江魚仔、蝦米等以增添其美味。我反而喜歡在吉隆坡劉蝶大廈底層某素食館的擂茶配糙米飯。另外在新山大馬花園小販中心旁，打著客家擂茶館招牌的擂茶，佐料還加入幾顆紅豆，味道亦不錯，但我更愛撒上青蔥香菇碎肉碎的算盤子。某河婆客藉作家在古晉時，偶爾心血來潮，起特早做完愛心擂茶後，快遞至吉隆坡的作家好友及檳城的母親品嚐。相隔一海，千多公里的距離，因有了擂茶，不只親情，連友情的距離也近在咫尺。

淺藍圓桌上僅剩一小碟滷鳳爪。賣相不好，顏色不濃黑，未加夠黑醬油的自然反應。我夾掉鳳爪旁的辣椒乾。此滷鳳爪似新山常見的滷豬腳醋方式入味。你辣得吱吱叫時，似我初次品嚐公寓樓下泳池畔的馬來炒飯，以為小青辣椒是青蔥，上當後猛灌鮮紅蘿蔔汁。恍然大悟時，發現馬來人煮炒，除了偏愛學華人放薑去腥，以大蔥代紅蔥，特愛增添青辣椒增加刺激感官的遊戲。撒青蔥是華人愛玩的把戲，她們未學到青蔥的好處。母親特愛在麵食、湯類撒把青蔥。誤吃青辣椒是我腦中殘遺母親手藝的永恆影子。我對你說，這一帶最深得我心的滷鳳爪，在士姑來郵政局交通燈旁的晶晶麵家。細幼的乾撈手工麵，配上一小碟滷鳳爪，尤其是入味的滷香菇特爽口。每次吃一口麵，夾只奇香的鳳爪入口。炸後再滷的鳳爪，讓我忘了店外的艷陽天。

麵粉粿好不容易請小弟端上來。吃了兩口，還是懷念新山彩虹廣場對面報館街的那間麵粉粿。甜醇湯汁配上質地爽口的麵粉粿、ＱＱ豬肉碎丸蘸上青辣椒醬，點綴的綠色樹仔菜，再加上一粒被熱烘烘的湯燜了半生熟的雞蛋，咬上一口，蛋黃流溢。在彩虹娛樂城附近的那半椿小店的麵粉粿，看場電影前先滿足味蕾是件幸福之事。大豐花園附近的某間麵粉粿專賣店，除了平常的湯麵粉粿、乾撈麵粉粿，還有誘惑嗜辣的顧客專挑的咖哩麵粉粿。

你說我怪，講這麼多幹嘛，只是來吃一頓早餐。我笑笑的，甚麼都不答，想起回家的路上，記得去打包一小袋香脆可口的炸咖哩卜。上次推薦此物給去了上海的圖書館界好友，他讚歎不已。他還在上海，幫我買了精美的《今村昌平全集》及《小津安二郎全集》第一套的光碟盒裝。我一直在推敲，說不定是那炸咖哩卜的功勞。

尋訪詩人故鄉的美食，遺忘了詩

吉蘭丹哥打峇魯八百多公里的美食之旅，途中特意停留位於丁加奴日德（Jerteh），為了著名的雞肉包。掌店的女主人在店後頭照料火候，請幫傭捧出包點前往店面的蒸爐。幾位幫傭慢條斯理地走著，先招待打包的顧客，彷彿坐下來良久的顧客如同隱形。她們動作奇慢，充分反映慢活。慢到我上前詢問可否捧來包點，幫傭緩緩不急請我先坐，彷彿慢慢等就有。真是漫長的等待，雖然沒似那部《未婚妻漫長的等待》最後落得空等待。剛出爐的雞肉包終於端上。我第一次嚐到美味的雞肉包，皮薄雞肉的餡料恰好，回應了等待越久的好料，越香越可口。肉包中，通常我僅揀豬肉餡的小籠包、叉燒包、小肉包，古來品香的大包，懷念似家鄉聯成的肥瘦肉碎餡料的大包。最忌巴士來回新山吉隆坡的半途休息站的雞肉包，咬一口吐一口，硬到搞不好丟狗即死。而日德的雞肉包，一連塞兩粒入口，食慾難以填足，對於不食雞肉包的叼嘴，奇蹟終於出現。

晚餐時分，詩人的好友自哥打峇魯市中心載我們過了橋，九曲十八拐，終於抵達泰裔居林泰式海鮮餐館。詩人好友嘴中念著一道道的菜餚，我望著餐館前一節節的鐵道，想起湧耀拍攝的記錄片《鐵道上的腳步》，四人沿著鐵道從他家鄉十八丁徒步至北海。隆隆火車馳騁而過，感覺很老電影。隨著腳步聲捧上的甘榜咖哩冬粉蝦，不辣味妙。冬粉吸收蝦汁咖哩味精華，甜美誘人。大明蝦味鮮，媲美砂州海產。記得幾年前，初臨哥打峇魯，在菜市場二樓瞥見巴掌大的大明蝦、如半截青芽蕉大的條狀魚卵。猶如回返童年，考試成績理想，母親賜予放在飯上僅撒點鹽巴蒸熟的大明蝦，蝦的鮮甜與飯香飄散記憶中。至於魚卵，家人愛開玩笑吃了魚卵算術不好。我僅質疑大人為了跟小孩搶吃難得擠得鼓鼓橢長型的美味魚卵，無論是與魚一塊廣東蒸，或煎好蘸辣椒酸柑醬油，辣酸鹹為味蕾齊備。無論是這兩種海產，或甘榜咖哩冬粉蝦，在新山久居，終究未曾一嚐。

第二道鹽烤甘榜雞，似鹽焗雞，肉質不鬆垮，我偏愛的雞肉煮法。那滋味似母親炒了粗鹽許久，將紙包雞埋入粗鹽堆中，然後蓋鍋燜熟的鹽焗雞，皮肉嚼起來，聞雞起舞。第三道的泰國冬炎炒黃鱔長豆，撒入切絲麻風柑葉，香噴噴，僅嫌魚肉略為瘦少，但最適合配酒下菜，不飽卻爽。地道的吉蘭丹青椒魚露（Budu）炒花肉，令人驚喜的是那青黃油綠的青椒，辣得爽，結合魚露是絕配。臨走前還瞥見屋裡人炒著香味撲鼻的醬油碩莪蟲，憶起三叔家在我六歲時，咬斷碩莪蟲黑橢圓狀的頭，吞下金黃皮包裹甜美的油脂，空氣間飄散碩莪香味。上中學後，在菜市場僅「遠觀」

伊班友族一小籃一小籃內一條條蠕動的淺黃碩莪蟲，可能童年時抓慣來玩，吃時愈覺噁心。若這個海鮮餐館的美食，與砂州美食對比，驚覺巒多美食原料相近，最大的差別反而是哥打峇魯偏泰式的口味。

隔兩日，承蒙另一位詩人之友再次宴請居林泰式海鮮餐館。初嚐青蔥炒蜂蛹，微覺不適，但吞噬幾口，甭想太多，反正蛋白質豐富，愈吃愈起勁。搭配紅酒，再次細細品嚐甘榜咖哩冬粉蝦、鹽烤甘榜雞、青椒魚露炒花肉，火車在外頭隆隆而過。今次人多躲在冷氣房用餐，僅聽火車隆隆，沒再看著火車一截截晃動經過。我當然沒似《大路之歌》的阿普，好奇地跟隨姐姐追蹤著奔離的火車。火車猶如外面的世界，總有特多的想像，瀰漫詩意的想像。我靜靜地喝著紅酒，再鏟一匙蜂蛹注入嘴中。尋訪詩人故鄉的美食，遺忘了詩。

Pasir Puteh, Tanah Merah[一]
——尋訪詩人故鄉的美食之二

馬來人齋戒月，詩人選擇華族店舖的Nasi Dagang。[二]詩人一大早攜帶妻友等老闆開檔。在店旁的攤子，我買份報紙、一包吉蘭丹糕點Akok，癡等老闆開檔送飯。吉蘭丹人難忘懷Nasi Dagang，似砂州人懷念哥羅麵、砂勝越叻沙。記得重逢孤舟舊友路加不久，那時他病未復發，正重燃對孤舟的激情。他在高級公寓樓下辦燒烤會，特地購買Nasi Dagang宴請舊友們大塊朵頤。人事已非，Nasi Dagang依然令人難忘。此飯的紅褐米，煮的過程中需摻入三次椰漿才能成為頂級飯粒，食時淋上咖哩汁，配上咖哩Tongkol魚或選擇雞肉，半粒白煮蛋，紅色辣椒醬等。懷念家鄉食物的詩人，露出滿足似孩子的笑容。

一 Pasir Puteh, Tanah Merah指馬來西亞吉蘭丹的市鎮，Pasir Puteh指白沙，Tanah Merah指紅土。可譯成白沙紅土。

二 Nasi Dagang是吉蘭丹的一種美食，米飯為主。

剛食完，詩人再繞去探看白屋（White House）有沒開檔。他失望地駕往其他方向，停駐於興華小販中心旁，往歪嘴攤子購買Nasi Lauk。此飯既是以黃薑粉造就飯的主色，不辣的咖哩雞飯。顧客可選擇加鹹蛋、雞蛋、咖哩菜，長豆黃瓜，辣椒醬，雞肉等。看著詩人吃得津津有味，我在離開吉蘭丹的那天早上，試著當早餐，但吃不出他家鄉的滋味，或許他鄉是別鄉吧！

晚餐時，瞥見市中心街道旁一大堆顧客誇張地圍住某馬來檔口，恰逢馬來友族開齋時段。檔主、幫手忙得火一般熱，似炸著的雞一般滾。我們排隊癡等了蠻長的時段，無人理睬。或許看穿我們是外地人；或許讓餓了一天的馬來友族先開齋。無論如何，眼睜睜看著在地的華族跟我們一起排隊，不知來去走了多少人，心理難免不平衡。最後詩人出馬，終於「搶到」兩包蒸飯、椰漿雞、Golok（青辣椒內含甜椰絲餡）等，但辣椒醬淋得蒸飯過濕，辣得兩人快快吞噬紅豆冰。詩人太太瞥見隔兩檔馬來人用藍蝴蝶花（Telang / Clitoria）煮的灰藍葉飯（Nasi Kerabu），緊靠過去。回程時她看見隔檔泰裔的青葉飯（Khao Jam），忍不住吉蘭丹美食情意結，打包回旅店。

Khao指飯，Jam意味著摻雜。道地好吃的青葉飯位於Cabang Empat的臥佛寺（Wat Pothivihan）寺廟裡。泰裔婦女親手製做的青葉飯上，撒著青色黃瓜絲、薄荷、紫蘇、紅色薑花絲、黃色魚肉、白色蔥絲，顏色養眼。炎熱天配上一粒椰子，看著隔壁不遠的泰裔中學生穿著綠褲粉紅長袖衣以泰語聊天，準備坐摩哆上學，我開始懷疑身在馬來西亞，眼前的異國風景。

見識到詩人心目中的「白屋」咖啡磚屋時，才知曉原來雲石桌上的炭烤麵包，塗上鴨蛋咖椰及牛油，是無與倫比的絕配。香脆的麵包，咬嚼時口感特佳。接著散發陣陣清香的鴨蛋咖椰，觸舌即化。初次見識鴨蛋咖椰，比起母親手工班蘭雞蛋咖椰，有過之而不及。鴨蛋在吉蘭丹糕點Akok，除了重點椰漿及麵糊，亦扮演重要角色。蛋放得多一點，似煎法式麵包時蘸蛋液多一些，確實金城所述：蓬鬆可人，甜入心扉的鄉愁！

回程的車上，詩人不忘介紹長長圓錐形，香蕉葉包裡的Nasi Tumpang，內含魚肉與蝦肉口味。一路上我看著吉蘭丹奇怪但詩意的地名，如狐狸洞（Gua Musang）、死象（Gajah Mati）等待沙礫成長（Menanti Pasir Tumboh），心中想著，或許未來寫一篇小說叫Pasir Puteh, Tanah Merah。那長長白白的沙灘，紅紅橙橙的紅土高坡。寫小說的慾望突然高湧。過了一段時日，無意間發現，毛姆早在幾十年前似乎出版了關於「Tanah Merah」的小說《遠東故事》。無論如何，再細讀，發現那是馬六甲的一個地方，並非指向吉蘭丹，我呼出了一口長氣。

掉一隻眼的醜蟹

房間陰沉，扇葉轉動，冷氣機口往下撲著涼風。耳聞室外腳步聲，時而語音落地。睜開眼爬起身，打開門走出去。天空漆黑，戶外山影小溪不見輪廓。人們不斷進出洗手間洗臉洗澡。壁鐘指著五點半。昨夜旅店老闆自信地說早上七點上山還好，看來資訊有誤，大家都趕早梳洗。

兩名友人分頭製作的手工奶粉饅頭、水果蛋糕，恰好補充黎明的精力攀爬林明山。我「意外」的發現原來好不容易吃到的水果蛋糕（友人自訂條規挨至黎明才可享用，雖然一路上打廣告，但僅能說誘惑當天吃不到的實物），所幸僅是自製醃果甜，而不是整塊蛋糕從頭甜到尾。我深怕市面上友族一手包辦的水果蛋糕，吃了感覺易患糖尿病。一路上，不分年齡層次的旅客、居民手執手電筒，若非在我們前頭，就是緊跟我們後頭。超越我們的少年人，健穩腳步轉眼不見蹤影。沿著階梯拾級而上，比攀爬泥路的山更吃力。未及第一個休憩小亭，心臟跳得奇快，幾乎撲出胸口。我呼吸急促，再加上人處於高處，夜太黑，植物未光合作用，人缺氧時開始傳來窒息感。我以為重犯多年前跑步過快的病症，需要躲進學校馬桶坐下休息，慢慢靜下心來，才能解救快暈黑的慘況，「撿回」一條小命。那恐怖的感覺席捲而返，感受瀕臨死亡的巔頂，雖然未抵達山的顛峰。要命的是如此恐怖窒息，在接近第二個小亭時，再次不客氣地襲擊。

放緩腳步，汗流披臉，我們享受著林明山頂的風景，跟隨時辰變化，雲海色調的瞬間轉變，從欣賞一幅幅深藍黑的水墨畫，到觀賞攝影照片的燦爛色調，實物在雲海縹緲，煙霧繚繞於附近的山巒谷底，虛虛實實。昨日縱然吃下一大碟炒林明茄汁麵，下山後最迫不及待的，莫過於叫一碗林明麵及林明釀豆腐。發現乾撈林明麵的醬油汁過多（個人喜歡麵醬融合為一），想像湯麵比較好吃。然而釀豆腐的湯略鹹，但多樣化的釀豆腐確實美味，其中初次品嚐包菜夾魚膠，還有連炸豬皮都可以做成的款式，小驚喜乍現。或許山水略鹹，其中一位友人手中的咖啡，喝時怪叫怎麼有點鹹鹹的。我開玩笑的說不是汗滴咖啡啦。之後走走吊橋，看看山居民屋，巨大的百年老樹，看著時間緩緩流逝。

回程沿途拐入遠觀似個「山」字的山洞。停車時有人代收費，進門再次收費。山洞很大，內供印度神，管理得非常糟糕，骯髒潮濕，雖然供著佛像及許多喚不出名字的神像。其中一位友人未入洞時就產生排斥感，不太想進去。事後談起都覺得有種「邪邪的感覺」。旅途中，發現彭亨州及登嘉樓州的柏油路，比較起柔佛州「偷工減料」的柏油路，沒坑沒洞，車暢快的在路上滑行，友人一路隨著車上音樂瘋狂嘶叫。

誤闖登加樓的原因是友人極力推薦彭亨州珍拉汀（Cherating）往關丹的路上，靠近Swiss Garden Hotel的老叔釀蟹。好不容易挨到海鮮樓時，時近下午一點半。面臨著藍天白雲的Beserah海灘點菜時，釀蟹未準備好，所以我們點了黑椒螃蟹、宮保魷魚、清炒油墨、干貝豆腐及海鮮炒飯。填飽肚皮，看見別人吃椰子布丁，我們也各別抱著一粒椰子吃那有點酸酸的布丁。友人投訴布丁臭酸味，老闆堅持說沒有，本地椰原本就有點酸味。椰子布丁還是一掃而光。即將付帳時，與老闆提起我們遠道而來，結果他竟然說釀蟹可上桌。我們點了一客試吃，傳聞的釀蟹滋味。老闆授秘訣說炒挖出的蟹肉時，除了爆蔥蒜，記得撒青蔥、紅蘿蔔絲，再將香噴噴的蟹肉，釀回蟹殼，鋪層芝士，放進烤箱。品嚐時，有種挖開芝士層，進入裡面刨出美妙食物的感覺。那蟹殼掉了一隻眼，但不影響其滋味。友人還特地打包另外五隻釀蟹，回返新山後，連夜送回家鄉的鄰居，令我並非他鄰居也深為感動。想像從三、四百公里送回的釀蟹，放在微波爐烤熱後，香味撲鼻，最重要是那種溫情。我相信他鄰居肯定是含著感動的眼淚，溫馨吞下很棒的夜宵。

糕餅恩惠

久未探訪陳蝶。一抵達就相約半山芭富都廣場底樓的老二火鍋店，附屬的甜甜屋去見慧明。大約整年未見，慧明依然忙碌，叫她第三聲才轉過身來。見我到訪，忙著端芝蔴湯圓，潮州糕粿白飯桃及鼠曲粿請我吃。白飯桃，既是家鄉俗稱米包米，吃不死的那種糕粿。主料除了粳米粉，粿餡的糯米飯、切丁濕香菇、蝦米、炒香去外衣的花生仁、切碎的生蒜等需要下油鍋爆香，調入味精，胡椒粉、魚露。製作白飯桃要注意一點，就是粳米粉在衝開水之前，一定要先上蒸籠蒸熟，否則白飯桃的粿皮不爽，吃時會粘齒。

墨綠的鼠曲粿，先將鼠曲草在鍋中熬成湯汁，用密勺過濾出鼠曲草湯汁，倒入盛有糯米粉的盆中。我相信慧明是以植物油替代豬油反覆搓揉成糯米粉團作為粿皮，包上芋泥或豆沙甜餡，用圓形或桃形木製粿印印製，每個粿用乾芭蕉葉墊底，上蒸籠蒸五分鐘左右至熟即成。「鼠曲粿」柔軟香甜，散發著天然鼠淡淡的甘香味，具有清熱解毒，涼腸涼血的功效。唐代詩人皮日休的〈魯望以躬掇野蔬兼示雅化用以酬謝〉中有句「深挑乍見鼠耳香」，明代李時珍的《本草綱目》提及：「北方寒食採茸母草和粉食」，「鼠耳」或「茸母草」皆是鼠曲草。周作人亦曾寫過文情並茂的散文〈故鄉的鼠曲草〉。其實，按照《追憶甜蜜時光：中國糕點話舊》，糕點是糕、點、裹、食的集合總稱。白飯桃與鼠曲粿這兩種帶有餡料的吃食，稱為「點」才比較正確。

慧明繼續捧上新鮮出爐，沾上椰絲衣的糯米「裹點」（「裹」指外掛糖、蜜之類的點心，結合帶有餡料的「點」，我將之稱為「裹點」），內餡棗泥、豆沙、芋泥，一小碟不同顏色擺六粒，即使再飽，看了唯一的動作就是放進嘴裡細嚐。剛巧慧明的妹妹剛從烏魯木齊回返，坐在同一桌品嚐糕點，喝著菊花參茶，邊聊塞外風光春光。好友相聚，精緻糕點，六味甜品，夫復何求？

中秋佳節，在富都車站偶遇友人，說邀我上巴士前喝杯茶，結果給予驚喜，載我去富都廣場底樓的老二甜甜屋吃甜品。可惜中秋佳節慧明沒製作糕點，忙著色澤金黃鮮艷、皮酥薄脆的雙烹芋香勝餅、雙烹梅香勝餅及圓緣餅。她一見我就聯想起陳蝶，急盼她過來相聚，連忙搖電予她，僅是陳蝶分身乏術，況且我短暫逗留，不久將上車離開。才出爐不久的雙烹芋香勝餅，故意不放豬油的勝餅，一樣讚，可歎慧明巧手真的了不得。潮州勝餅的酥和皮，都離不開豬勝（潮州人稱豬油）。為顧客健康至上的慧明，大膽不放豬腳，還敢稱腳餅，可見其藝高膽大。烏綠豆沙略俗，芋香及梅香，口感甜鹹相配感人。再喝上一碗薑湯豆沙及黑芝蔴湯圓，慧明端上的菊花蔘茶解熱，身為顧客好友，幸福感滿溢。我說慧明，你幫我打包兩套腳餅，但一定要收費。每次佔著好友優勢，結果她半買半送，送的一打圓緣餅，脆雙可口，送了朋友一些，自己多留一顆，彷彿圓一個緣，記起糕餅恩惠。

冬至搓湯圓

最怕人家說搓湯圓，說成搓「通元」。一字之差，只會搓出似濟公的一團Laki（伊班語是污垢之意）。當然那是自我解嘲的說法，當成文章開頭玩玩，若別人說出來就不好笑了，還有點噁心。言歸正傳冬至湯圓，中國有句「家家搗米做湯圓，知是明朝冬至天」，提醒不久即將過年，也乘此大家歡聚團圓，所以有冬至吃湯圓稱「冬至團」。中國北方過冬至，多吃餃子，「冬至餛飩夏至麵」；至於南方則多吃糰子，俗諺稱「冬至糰子、年節糕」。

在馬來西亞，一年四季如夏一雨成秋，根本盼不著冬天，最多是雨季替代，到底冬至吃湯圓有甚麼意義？我們這一代，已發展到不需用糯米粉加水揉搓，超市幾時都售賣現成的芝蔴湯圓，煮了黃糖薑湯放進去即成。無論如何，冬至與家人或友人藉此相聚，尤其是聯誼會，每年似乎煮湯圓每人贈一碗，提醒現代人生活忙碌，還是別忘記華人傳統節日，工作同事宛如一家人。那甜甜好吃的芝蔴湯圓滋味，沁入心扉，個個都成了甜姐甜哥。跟母親提起冬至吃了芝蔴湯圓，她老人家還驚訝的說：「不錯啊，還吃得到湯圓！」

印象中，母親只煮簡單的糖水紅白湯圓，無餡，主要是為了祭祖（重點都集中於晚餐的豐富菜餚）。似臺灣人，冬至大早煮甜湯圓（清圓）。他們用一紅一白的湯圓粘貼門扉、窗戶、桌椅等處，以感念上天賜予一家人的福氣。據說，這些冬節湯圓乾燥後弄給孩子吃，能保佑小孩平安長大。自小，家人都不愛吃糖水湯圓。母親會勸誘每人食一小碗，至少兩三粒，吃了添歲。我專揀紅湯圓，顏色相對於白，比較誘人。小時候不愛吃湯圓，也不想這麼快長大，如今是不想那麼快變老。那時「宗教」及尊老的意義較重。而隔壁家的福州鄰居，冬至喜歡做外衣滾花生碎的乾「湯圓」。此湯圓無糖水，看似麻糬。串門子時，吃上幾顆，沒紅白湯圓那麼單調。

一直到離家之後，偶遇誘人的湯圓，嘴饞起來。尤其瞥見甜品店，愛鑽一圈，專揀芝蔴湯圓吃。半山芭富都廣場底樓的老二火鍋店，惠明主導的甜甜屋是我在吉隆坡最常吃芝蔴湯圓的所在。主要是開店做生意的時日，惠明都會搓芝蔴湯圓、紅豆湯圓等。面對熱滾滾、香噴噴的湯圓，先喝一口紅糖薑湯潤喉，然後舀起比鴿蛋還大的湯圓，不敢大意大咬一口，而是一小口一小口咬，讓內餡溢滿嘴中，甚至在湯匙內緩緩洩出。擔心芝蔴內餡混入碗中的糖水，舉止謹慎，怕濁了糖水，不美觀且不順喉。再配碟潮州糕粿白飯桃、鼠曲粿或菜粿，閒情美麗的午後充滿了甜美回憶。

新加坡書城附近，有一家甜品店，斯倪帶我見識此店的燉奶，而芝蔴湯圓成了桌上必備的甜品。配上蒸木薯，尤其是鮮黃的木薯，淋上蜂蜜，再加碗芝蔴湯圓，身上的疲累馬上消解了一半，扛起書來力氣倍增。

至於臺北金山南路三十年老字號的「政江號」招牌——「紅豆芝蔴湯圓」，紅豆湯以慢燉熬煮至軟透但不破的紅豆，芝蔴餡則以老道經驗調配糖、粄油與芝蔴的比例，甜度適中，超級享受。另外的紅麴酒釀芝蔴湯圓，健康的紅曲與酒釀搭配白色內餡的黑芝蔴，形成酸甜好滋味。

最近外地來的同事邀請冬至去其家慶祝，順便提前慶祝聖誕，中西合併。她說請教了老家母親如何做鹹湯圓。縱然我嗜鹹懼甜，舌蕾長期受粵菜鹹的滋味沉浸，但還是提醒她記得來鍋甜湯圓，習慣甜味適中的芝蔴湯圓吧。最後獻上湯圓賀圖：

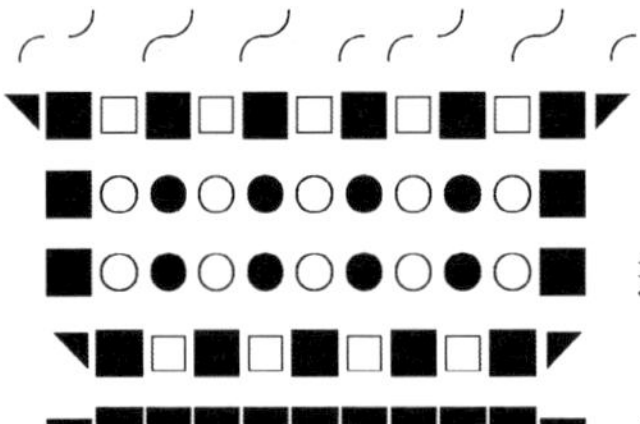

送湯圓來！

冬至暖，明日冬至喔，記得吃湯圓長一歲囉！

銀行飯

同事喚我赴銀行時，我馬上回應：「好啊，去吃銀行飯。」彷彿進監獄去吃咖哩飯般的開玩笑口吻（雖然現代監獄提供的三餐通過飲食專家調配食譜，實際上有沒偷工減料是另當別論）。為了抗拒中午炎熱天氣，及某銀行的其差效率，我常安慰自己所幸還有銀行飯慰籍。同事驅車去士姑來皇后花園，那兩排銀行街——大眾銀行、匯豐銀行、馬來亞銀行等齊集一地，良性競爭，顧客方便一網打盡。而我的食慾牽引我辦完正經事後，踏進阿茲奴馬來飯店。

不起眼的飯店，裡邊幽暗燥熱，大部分友人少瞥一眼，但裡邊卻擠滿了顧客。我們盡量挑選五角基的桌椅，沒風拂過也不至於燥熱。然後一邊注視著排隊打包的上班族或家庭主婦，當成一道飢餓眾生景象。邀請不曾嚐過銀行飯的同事時，由於各忙不同銀行的業務，約好事後在阿茲奴馬來飯店見面。同事難免確定位置。我信心十足地說：「在馬來亞銀行右邊隔兩三間的馬來飯店，那間最多人排長龍，但你看後絕對不想走進的飯店。」

我們步入飯店，老闆腆著肚腩，忙碌的一邊舀菜給打包顧客。我最怕他潑一大勺咖哩汁，即使千吩咐萬叮嚀一點點就好。他似乎分不清多寡，那位坐在櫃檯的老闆娘算帳亦如此。選菜色時，我愛跟同事打趣地說，置放碟子的菜餚，最好種類少份量多，舀兩款菜色最佳，彼此交換，二變四，賺他媽的多寡不分。

在店裡用中餐的顧客，即使排隊靠近老闆身邊，產生他肚腩不小心頂到自己身子的「危機」，他的女工也不屑盛飯予你。她會等到舀菜的兩位顧客走去櫃檯結帳時，才不慌不忙地盛碟飯遞到你手中。事後通過曾裝修老闆家居的工友，才知曉原來老闆賺大錢，住大屋，不懼跑掉不識貨的顧客。怪不得有一年，他店沒開，飯沒賣，令我每赴一次銀行，皆擔心沒銀行飯吃的苦惱。

毫無不猶豫的取勺日思夜想的三峇炒天皮（Tempe，也稱豆餅），外加咖哩羊肉、忍當牛肉或黑醬油馬鮫魚，配上一道醃黃瓜或炒豆芽。三峇炒天皮一直是我的首選。此店僅加上豆乾丁，簡單不見花生、江魚仔的三峇炒天皮。或似金山嶺夜市，略嫌辣鹹的米粉三峇炒天皮。此店那甜鹹適中的味道，嚼勁就是合我心意。而且是必須親臨飯店吃，才能感受個中滋味。若打包回家，終隔時空兩層，少了說不出口的點滴。

以前蟄伏工大、士姑來鎮，未嚐到如此美味的天皮，最多是過得去的椰漿飯、印度煎餅；住淡杯公寓時，游泳池畔的三峇炒天皮難勝游泳池的春色乍洩（其實沒甚麼人晨泳，僅有小孩發出吵鬧的嬉水聲），因此印象不深。

天皮是黃豆經天皮酵母（Rhizopus）發酵的天然食品，與我愛吃的豆腐、豆乾、豆花、豆漿、豆皮、味噌等皆產自黃豆，僅是原味略酸。那酵母分解黃豆成人類腸胃容易消化的物體，蛋白質、纖維豐富，內含鈣質、鐵質、維他命B等，即可增強身體的抗生素治療傳染病，亦含抗氧物質預防老化。

天皮源自爪哇，十六世紀的*Centhini Serat*手抄本的第三及十二章提及椰漿天皮等菜餚。「Tempe」此字被揣測源自古爪哇語。古爪哇有種碩莪粉製成的白色食品稱「Tumpi」。白色新鮮的天皮看似此物，後人稱之天皮。荷蘭人佔領印尼時，微生物學家Prinsen Geerling首次確認此酵菌。之後，荷蘭人在歐洲開始了天皮工業，一九四六年遠播歐美、日本等國，帶動了這種價廉物美的食品，流傳多方的美名。

若在家想嘗試製作天皮，可將挑選好的黃豆洗淨水一小時，然後浸兩小時。黃豆再經冷熱水各浸泡十二小時，可去皮煮之殺菌。自鍋內取出的黃豆，坦在篩子上壓成薄片，讓它冷卻，水滴淨。表面乾燥的去皮黃豆，摻混百分之二的天皮酵素，調勻約廿分鐘。這過程決定了天皮的美味。然後將之倒放模子，上面鋪層香蕉葉約三小時。如此覆蓋，空氣流通，長出的真菌雪白皚皚。倒出模子的黃豆平鋪在架上，葉遮一日，風乾一日，新鮮天皮即告完成，可待煎炸煮，入咖哩成美味佳餚。無論如何，不妨先嚐嚐銀行飯，天皮合口胃，就知曉為何稱之天皮，而不叫豆餅。

選擇G7

多年以來，我專情地蒞臨學院後面的胡姬花園蜆殼油站對面，那片星期二常有外勞手牽手前來野餐般閒坐的青青草地，二話不說，走進一所不起眼的建築物，選擇G7的青色座椅。彷彿下了魔咒的第九種愛情魔藥，選擇其他檔口會踏不出這區域，回到居所百般思念纏繞。你可以說這是對食物的迷戀或傻氣，在環境如此低劣，但捧來的美味，卻教人忍不住又臨近一步。

多年前，學院同事攜帶我拜訪這兩排十四個檔位的馬來檔口，專挑黃薑雞炒飯，那蔥蒜黃薑粉與雞肉的結合，配上其他佐料如長豆包菜，黃薑素天然深黃，挑逗食慾深陷難以自拔。之後某位學院同學專指僅試G7檔口即可，其他可不屑一顧，我不小心沾染了這個不知是不是不好的習慣。他推薦了Nasi Goreng Ayam——飯炒得橙紅卻不辣，炸雞放在紅色辣椒醬煮出甜鹹微辣的美味。有段時間略嫌僅有托底的一兩片生菜葉和幾片黃瓜，擔心蔬菜纖維不夠，整塊雞腿肉份量過多。尤其那段時期少吃肉，暫時戒之。選擇雞腿是因為那部位深得我心，圓滑順喉。最怕捧來雞胸肉，瘦肉太乾癟，牙齒咀嚼後，令人想起嘔出的一團乾巴巴雞肉團。最後發現凡喜好雞腿者不選擇雞胸肉的兩極化。

接著的日子，我選擇了鮑魚菇炒飯，捧上的是炒飯與鮑魚菇雜菜各成一碟。初食時，鮑魚菇炒茄汁辣椒醬，不太合我胃口。再點時我請女主廚拉姐以炒雜菜的方式煮，果然對味，發現原來我喜歡馬來人以華人口味來炒鮑魚菇雜菜。不知她有沒偷偷發現。之後再點時，她貼心地無需吩咐，知曉顧客心意，煮出對準胃口的簡單美食。憑著多次點食的經驗，我繼續開拓其他食品，點了甘榜炒飯，發現其實每個馬來檔炒出的甘榜炒飯都別具風味，不知最原始的面目到底是怎麼回事，僅知道此家少不了打散於飯粒的雞蛋，煎江魚仔，雞肉丁，紅蘿蔔絲，切截長豆，經常讓我誤以為青蔥的青辣椒，不小心誤吃時辣得吐出舌頭，拚命灌湯。她初見我被辣壞，從此自動少辣。怪不得我每次帶各方好友吃午餐或晚餐時，從沒敗興而歸。除非是遇到拉姐兒子拿鑊炒鑊，鑊氣過重，炒出火氣，不似女主廚千錘百煉的真功夫。

略甜鹹的馬來炒麵，深受女同事歡迎，可能是其中一道份量不會太多的美味炒麵。有時我會擔心，提醒同事說會不會下太多味精，麵太黃，她們反應：就是好吃嘛！彷彿你還要我怎樣，好吃就需要付出一切代價。如果要快就吃炸雞飯，配上拉姐自製的橙色辣椒醬，還有一碗雞湯。我初嚐此雞湯時，覺得味道怪怪，這是她尚未學到廣東人煲湯的精髓。無論如何，習慣後覺得湯中香料還好，可先撈撈浮蕩的蔥芹合湯喝下，舒緩一些華人少用的香料味道。吃膩了我叫道Paprik雞炒飯，鹹辣微甜的黑醬料，雞肉配上洋蔥還有咖哩葉，口味是重了點，偶一食之，可增添味覺的一些平常忽略的享受。

記得有一次她捧飯後坐在我面前看馬來八卦報*Metro*，我趁機詢問菜餚都是祖傳的嗎？她回說是從外面吃了別人的佳餚，偷師回來孝敬顧客。我聽了，再一次奇蹟般，吃完每次都以為大盤到恐怖的黃薑雞炒飯。然後放輕腳步，滿足離開。

馬來人齋戒時期，檔口G7全面休息，一直到馬來開齋節的第二個星期之後。內心暗忖，拉姐還真好賺，儲夠糧等待過「冬」的馬來人知足常樂心態，不似大多數華人做生意，年初一生意上門，門依然敞開。然而，這時期在吉蘭丹，幾乎馬來餐飲店都是提早開檔，特早收檔，也是挺傷腦筋。靜等「冬眠」後的拉姐重出江湖，挪動著日漸圓滾的身軀是難熬的。尤其星期二去夜市時，明知失望，還是「故意」瞥見了鋁門未開的清寂。

嫩滑的田雞粥

晨讀杜杜《另類食的藝術》的〈青蛙無景變田雞〉，憶起小時候傍晚紅霞漫天，補習徒步回家時，路上偶見草叢旁的小型蛙類。一雙長在額頂的小眼睛，線條簡潔的褐色小蛙，如尾指一半大小。有時捉放掌中把玩一下，觀賞牠們跳躍的姿態，或捂在掌心偷帶回家，深怕母親知曉。玩夠後放生屋後的小池塘旁。如今各方建設發展迅速，鮮少再無意間發覺如此生的喜悅。

那池塘常浮著蛙卵，吸引我們的是孵化，可愛游動的蝌蚪。我們甚至抓幾隻蝌蚪返家，養在罐裡仔細觀察逐漸生出長蹼的後腿，身子後腿慢慢變壯，然後長出前肢，尾巴愈變愈小。傍晚或清晨，在戶外賞大自然的蝌蚪時，不乏瞥見蜻蜓醜陋的幼兒水蠆，如何趴上蝌蚪，弱肉強食的撕咬無駁逃機會的蝌蚪。有時心有不忍，我們總不能學動物紀錄片中，攝影師眼睜睜看見獅子撲食斑馬，還死命捉住鏡頭不放，最好還祈禱有血肉橫飛的精彩畫面。我們僅能即時伸出援手讓它們逃命，甚至不惜捉害蟲般，將水蠆移去他方。

閱讀杜杜的飲食文章，不得不談「田雞按在砧板上，手起刀落，頭被砍掉，再嗤啦一聲，通身的皮被剝下來……」的殘酷。某次，在皇后花園，叫了碗皮蛋粥等候良久。你瞥見身旁玻璃缸裡的田雞，邊吃飯邊扯《史瑞克3》中有一隻逗趣的青蛙國王——史瑞克的岳父。青蛙國王死三次都死不掉的橋段，有人提到跟郭德綱的相聲神似。你伸出了舌頭舔了嘴邊飯粒，說學青蛙國王臨死前伸出的舌頭，捲食了一隻飛蟲入喉。我笑笑地問你看過《心靈角落》（*Magnolia*）中最後的電影畫面，滿天飛的青蛙突降整個城市，幾乎等於空襲，尤其是橫屍遍野。你直呼恐怖要我住嘴，說一則寓言給我聽：

一隻蠍子要渡河，遇到一隻青蛙，蠍子因不諳水性，所以請求青蛙載其渡河。青蛙搖頭拒絕道：「你是一隻毒蠍子，我載你過河的同時可能會被螫死，我無法答應！」蠍子笑笑說：「我若是在渡河的過程中螫了你，你沉入水中我也同歸於盡，這樣不合常理的事情我是不會做的，你可以放心。」青蛙聽後覺得有道理，就載了蠍子過河。但才到河的半途，蠍子冷不防的把毒刺扎入青蛙的身體，青蛙在中毒後全身僵硬，逐漸下沉之時不解的問蠍子：「我死了，你也別想活命，為何要螫我？」蠍子淡淡的說：「It is my nature!（這是我的天性）」

我邊說喜歡這故事，雙眼忙著注視賣田雞粥老闆，如何抓起田雞，然後手腳淩厲，不客氣的將田雞在砧板上狠摔幾下，血沫橫飛，嚇得我連忙換個座位，有多遠，躲多遠，眼不看為淨，直呼幸虧沒吃甚麼嫩滑的田雞粥，哪裡嚥得下口。

冰榴槤香

路經你戶外，嗅聞一股榴槤香味，難以置信。你似我已好久沒唇沾榴槤，怎麼滿室榴槤飄飄。疑惑未解，室內不見蹤影，你應該去游泳蒸桑拿。記得上次遠遊，同事在半路欲買榴槤，你死都不放她下車，害得她悶在車裡壓抑到差點爆掉。如果她沒不小心睡著。你畏懼榴槤在車裡遺香，那種連講話、打嗝、放屁都異香處處。對於戒掉榴槤者，這些堪稱難忍。結果是某次一同赴夜市時，你憐香惜玉起來，允許她買榴槤塞進你的寶貝車。然後還在你屋內蹲著撬開榴槤，大塊朵頤，似蔡明亮《是夢》短片中安排母親在戲院內吃榴槤。吃不完的榴槤，她帶回宿舍製成，友人讚好的榴槤冰淇淋。上星期打完羽球後，你慈悲心大開，還載她去S同事家開「榴槤宴」。你堅持沒吃，僅在旁乾瞪眼。

吃晚飯前路經你門前，在窗口詢問怎麼一股榴槤味陰魂不散，以為你改了性。你忙說屋友竟然大膽到塞冰榴槤在你的冰箱兩三日。之前你未發覺，僅奇怪為何整間屋子飄散榴槤臭（香與臭其實一線之間），甚至臥房都飄飄榴槤臭。你勸自己是幻覺。我說你還幻聽、幻聞呢！你說昨天老家鄰居到訪，也嗅聞榴槤味，就是遍尋不著榴槤殼。跑出戶外，你翻開垃圾桶查看，渣都沒有，更別說帶刺的殼。最後你終於發現榴槤安穩的裝在兩小盒，睡在你黑漆漆的冰箱內。

你氣得破口大罵屋友。我亦有類似經驗。早期曾與喜好榴槤的男女共居一屋簷下。榴槤季節如現在滿街一籮籮，賤價至一粒五毛或一元，更何況他們在笨珍私擁榴槤園。聽好，是榴槤園，那種每當榴槤季節，他猛吃至體重增胖三、四公斤，夠夠力的榴槤老饕。我不知曉他家裡的榴槤品種，是不是那種剛跌下的榴槤，有似牛油般入口即滑的滋味。還是甚麼貓山王還是山貓王的。我一直質疑大學同學告知他下鄉服務時，在鐵山榴槤園吃到的好榴槤。榴槤老饕嫌在老家吃不夠，還特地別浪費（榴槤不宜久留，過一兩日味道大打折扣），剝殼後榴槤裝在盒裡，放進我可憐的冰箱中。那種瀰漫冰箱內久久不散的異香，兩三天驅之難除。冰箱內的所有物品慘遭榴槤異味襲擊。這當然樂壞了榴槤老饕，可苦了戒除榴槤者如我。那時因為學習瑜伽，老師奉勸遠離這種強帶氣味的食物。老師將榴槤列為惰性食物，意味著吃了榴槤對身體不好，況且易惹慾望，清心寡慾不起來。我見冰榴槤，失態張口大罵，嚇得他馬上將整盒榴槤藏進肚內，氣味才逐漸減少。可見人類的腸胃多麼密不透風（只要他不洩氣）。

小時候嚐過冰榴槤配飯，但不習慣那種吃法。如今少吃榴槤，更別說那氣味猛湧的冰榴槤。你破口大罵一直相敬如賓的屋友私藏冰榴槤，令我眼界大開，可見痛惡榴槤者，千萬別在其冰箱藏甚麼榴槤，給予驚喜，或好心幫其他人特藏榴槤。不然肯定死得很難看。剛才提到愛吃榴槤的女同事，驀然在背後現身說要懺悔（舊時西方僧尼愛用的字眼）。我內心想她這個時候還真夠老實的。她說不曉得那是S同事好心，自笨珍榴槤園攜帶來的榴槤。S同事知道她那天「榴槤宴」狂吃，怕她吃不夠，特地打包給她。豈知塞在你的冰箱內，連切好的黃梨都殘留榴槤味。我沒敢詢問那榴槤味黃梨最後是丟進垃圾桶，還是迅速地吃進肚裡。因為你說冰箱還有另一盒榴槤。我們馬上轉開話題，然後悄悄轉身離開。

熨麵包

大兒子一直在母親背後懇求熨麵包（Iron Bread），撒嬌那是他的最愛。聽後我心裡嘀咕，那是甚麼玩意。真相大白時，電影《*C.R.A.Z.Y.*》已接近尾聲。看著母親在熨麵包，我的眼淚忍不住奪眶而出。那時大兒子因吸毒過量，病逝醫院。母親懷念兒子，終於使出看家本領，取出熨斗，高熱度死命壓扁白麵包。彷彿如此壓法，就可以宣洩內心無比的思念與惆悵，彷彿如此動作，死去的兒子可以起死回生，出現她眼前，陪她吃熨麵包。

看完此片，在古晉的母親盲腸炎入院。妹說母親臨時肚子抽搐，原以為是平常胃痛。胃藥不起作用，急診醫療所時，醫生建議母親馬上入院動手術，是盲腸炎。身在遠方的我，恰好抱病在身。微燙的身軀，趁著太陽未落山，打包晚餐，防肚餓費事煮糙米粥配香菜心填腹。再次打電話詢問妹時，母親在醫院守候檢查，一拖幾個小時。情況似乎略有改善，她還有閒情嚼嘴皮說別人的孩子鬼這樣頑皮。八點多再通電話，母親已住院，等待醫生動手術，換弟弟輪班。父親依然被蒙在鼓裡。妹妹剛要回家，說回到家才告知他，不然，他似無頭蒼蠅亂撞，不知心急到撞向哪張蜘蛛網。

電影中的母親角色，撫養五位兒子C、R、A、Z、Y（每個孩子代表一個字母，合起來簡直叫人抓狂，同時亦配合父親角色喜歡的黑唱碟歌曲），異常有愛心耐心，特疼異與常人的第四個兒子，常在父親面前替兒子擋風遮雨。聯想起古晉的母親，我回到身旁講甚麼都是好，她在廚房忙進忙出。早餐擔心兒子外出吃太多哥羅麵或乾盤麵（麵食鹼水多，吃太多豬油、叉燒油不好）、叻沙（叻沙料不能多吃，再加上蝦毒）等。她通常假藉晚餐後，詢問明早有沒出外吃早餐，然後打蛇隨棍上問要吃她有口皆碑的炒油麵，那誘人的炒米粉、紅酒雞湯麵線、撒上青蔥油蔥的肉丸粥、雞絲粥、黃金炒飯等。若真吃一輪，我都回返新山了。古晉美食之旅成為古晉居家美食之旅。妹妹常名正言順藉買菜為藉口（巧婦難為無菜之餐），「偷」帶著我，吃了母親的早餐（不能傷她老人家的心），偷吃外面的食物（安撫妹妹諒解我之心）。偶爾在外面正式解決早餐時，順便買菜買湯米粉給母親吃（母親有忙不完的家務，難得出外跑跑），企盼減輕她餐餐煮的負擔。我發現她煮食物的速度逐漸緩慢，在廚房旁磨蹭一整天，一會兒洗衣，一會兒走出戶外餵狗，一會兒喊我曬衣服……然後午餐晚餐捧出腐竹醬油鴨、煎茄子、煮水的長豆或羊角豆蘸擠了酸柑的蒜米辣椒醬料、紅燒魚或粵式蒸新鮮的富貴魚、炒ＱＱ冬粉、煎粒雞蛋炒角瓜……我這做兒子的，只有在廚房協助剖紅蔥蒜頭切青蔥的份，或乾脆在客廳打開阿慕杜瓦的電影，沒天沒日緊追至廚房傳來「吃飯囉」！

隔天母親手術進行時，我體溫略高（或許是母子感應），鼻塞流涕，偶爾咳嗽，畏懼冷氣。決定先養好身子後再返家，免得家人蠟燭兩邊燒，一邊都夠忙了，還給添麻煩。自電影中熨麵包的母親角色，發現母親沒烤過麵包，更別說熨麵包。當然她曾搽麵包，煎過法國麵包。這點我蠻似她，不能吃太燥熱食物，敏感喉嚨難消受。她偶爾將麵包浸在咖啡，趁軟吞下肚。這習慣我不學，連喝咖啡的習慣也沒沾上。

如果您對熨麵包感興趣，不妨試試：首先，熨斗轉至溫度至高點，氣體冒出時關掉插頭。與此同時，將乳酪（或蒜頭牛油、花生醬、無花果果醬）夾在兩片麵包之間，麵包上端覆一層鋁薄紙（電影中似乎直接熨燙，會導致熨斗表面微黑）。熨斗還熱燙時，放置麵包上隔紙傳熱一分鐘（視您要的麵包顏色而定）。此時，您可準備第二份麵包。將剛才的麵包翻轉，同樣隔紙傳熱熨麵包的另一側。千萬別告知您家裡的訪客秘方，他們一定覺得您很在行！如果您母親是裁縫師，千萬別用她的心肝寶貝熨斗來熨麵包，以免惹來不必要的母子麻煩！

豆漿燒

金山嶺夜市，我趁近黃昏人不多，專挑那檔經常堆滿人的馬來黃薑飯檔。每星期四，我情不自禁親臨笑容藹藹的兩位馬來女人面前，露出慈濟飯盒。她們瞥見自備淺灰色的環保飯盒，特別打折。印象深刻的是那天沒黃薑飯，打包椰漿飯，馬來女人笑笑地少收馬幣五角，連友人也大歎神奇，呼朋喚友齊來「環保檔」。

友人說今天僅買無糖豆漿，要煮豆漿燒。自從喝了我請豆漿老闆少糖的溫豆漿後，友人也改口喝淡淡甜味，豆漿味濃濃的飲料。豆漿沒那麼甜，入喉舒服，人也更健康。如今百物漲價，買一包少糖豆漿，無防腐劑，經濟實惠，放進冰箱內保存，猶勝盒裝鮮奶。況且豆漿比乳製品的蛋白質多了近半，飽和脂肪少了近半，卡路里少了百分之十二，鐵質多了十五倍……老闆瞥見我，貼心的自動自發說溫豆漿少糖，我開心地少費唇舌付帳，看著他倒掉超過一半的糖漿，往大鋼桶舀了一大勺熱豆漿，再摻上一小勺冷豆漿。熟練的手拿了塑膠帶綁一個十字架，遞給我。

友人真的乖乖僅買了兩包豆漿。我買了一公斤山竹，一邊斜眼看那肉質特黃的品種榴槤。僅遠觀即可，某同事體質與我相近，返家時家人買了榴槤孝敬，拚小命吃，聲音變啞，身體似火燒。而山竹蘊含抗氧化防老功能特佳的雜氧蒽酮，怪不得某女同事每次一買就是三公斤，一剝殼三公斤入肚也不嫌少。然後自歎快年輕得似老妖精了，笑彎我的腰。她說，山竹選小粒圓滑，有凹進去的，似凹進去的罐頭，不可買。正如她所言，新鮮小粒球體的山竹，果殼堅實，易開手不沾汁，潔白晶瑩的果肉，幽香氣爽，滑潤而不膩滯。

在豆漿檔口時，我詢問友人豆漿燒不加糖，加點鹽會不會似鹹豆漿。我想起看完臺灣電影《鹹豆漿》，在臺北時不聽旅臺朋友勸告，僅吃了一口鹹豆漿，接著光吃油條燒餅，然後乖乖付帳離店。友人反問我吃過加奶的魚頭米粉嗎？我說我喜歡。他將買回的熱豆漿放入鍋內，任放燙過的白色椰菜花，滲入素羊肉、凍豆腐（事前買豆腐凍得它麻臉）等，加上冬粉或米粉，美味可口的豆漿燒出爐了。我嚐了一碗，確實味道獨特。我打開購買的黃薑飯，配上仁當羊肉，仁當水煮蛋（幻想著蛋有溏心）、醃黃瓜紅蘿蔔，邀請同事共吃。飯後圍桌剝吃山竹，同事無聊的說，要是有榴槤就好囉。我想起了在新加坡美術館看到的陳瑞獻那幅題名《我要有一棵榴槤樹就好了》的畫。可愛的少年，抱著一棵結滿果的榴槤樹，臉上露出天真無邪的模樣。

藝術晚餐

新加坡陳瑞獻先生在牛車水1929酒店的Ember餐館請吃法國餐。事後我才知曉原來是創意廚師黃煒哲與陳瑞獻先生初次合作，別出心裁地以《天網》詩內意象，設計一套「藝術午餐」予新加坡媒體代表品嚐的前奏。

記得某次在陳先生住家附近的沙田餐館吃了中式的陳瑞獻菜單：臥虎藏龍——雪白干貝泥置於炸好的碗狀酥餅、鷓鴣魚翅湯瓷罐、高湯枸杞菜、瓦煲龍躉魚、蝦特Q的荷葉糯米蝦飯，特製噴香的蘿蔔糕，手磨杏仁露，極品印象深烙腦海。因此，陳瑞獻先生的中法菜單大功告成。有幸初嚐，倍感榮幸。

那夜，我們沾光何乃健即將出版《陳瑞獻寓言評論》而受邀「藝術晚餐」。我稱之「藝術晚餐」，借用「藝術午餐」之名，其實菜單略有差異。「藝術午餐」菜式以《天網》詩中的意象為藍本，菜單有頭盤「天網明珠」、「一隻孔雀」、「拉到山川河岳」、「一生一世的奉獻」，以及「普世性花毯」。

「天網明珠」以日本昆布汁拌意大利「天使髮絲」細麵，再拌上松露油香菇汁雞蛋，成就了頭盤。藝術晚餐除了例常現烤、脆軟兼顧的法式麵包蘸牛油，言談間品嚐著二〇〇四年加依雅克（Gaillac）葡萄白酒，等待我們的頭盤——炸鮮蠔配八種蘸醬：芥末醬、日本蛋黃牛乳醬、特製花生醬、泰國辣椒醬……等，舌蕾朵朵燦開。接著端上的日本鮮小蝦意大利「天使髮絲」細麵，入口微溫，麵質幼細，口感特好，再配上日本昆布冷麵，一熱一冷對照，頭盤畫足了完美的音符。

「拉到山川河岳」是黃煒哲的招牌菜「香菇燻肉粒焗智利鱸魚」。魚肉切成山形，山底下用綠菠菜粉畫上一個「水」的象形字，再以一條線貫穿山體。香菇燻肉粒堆在山腰為山石而成。智利鱸魚乃稀有海洋魚，味鮮甜，肉厚嫩刺少，被稱為「白色黃金」。這道魚的調味汁中，檸檬香

味多種繁複，魚一邊用橄欖油嫩煎，另一邊浸入高湯再入烤爐焗乾。香煎魚肉外表金黃，切開白肉柔軟嫩潤。香菇燻肉粒濃厚風味搭配清爽魚肉，取得平衡之餘，巧妙地維持味蕾份際。

「一生一世的奉獻」不易品嚐到。五種農家乳酪，伴配一撮無花果醬，一小烘烤麵包，在盤中組成一小碗「貢品」，似供奉般對友情與無情的萬物奉獻。布西亞－沙瓦涵（Brillat-Savarin），法國作家暨美食家曾說：「沒有乳酪的一餐，就好像少掉一隻眼睛的美女。」其中一種輕柔的藍乳酪Fourme d'Ambert，是陳瑞獻先生在一九七六年與法國新烹飪藝術之父奧利斐（R. Oliver）共享午餐時，奧氏精挑細選的。陳瑞獻先生說：「這已是舌頭對它三十多年的『耽讀』才有的『修養』。」此昂貝圓柱乳酪，在昂貝周邊地帶生產。Fourme的字源為拉丁字Forma，意為型態或形狀。製作時，首先須把青霉植入乳酪中，再以針筒把空氣注入內蕊中，促進黴菌生長。發酵產生的二氧化碳自內蕊流出，含有黴菌孢子的空氣流進內蕊，黴菌成倍數生長，直到佈滿內蕊，且分佈均勻。這是味道最溫和的藍紋乳酪，外皮頗乾燥，內蕊豐潤且結實，有藏酪窖的氣味。

最後呈現的「普世性花毯」，以草莓、黑莓、木莓、藍莓、醋果五彩繽紛的水果，及以肉桂和豆蔻等香料烘焙的無花果鬆糕，配上百香果紅毛榴槤雪葩（Sorbet），代表各種顏色的人和神及萬物的同體大愛。雪葩是法國餐甜品的第一道清口小飲，口感類似雪糕，差異是不含牛奶成份，不額外添加糖份，卡路里相對較低。其做法是將新鮮水果冷藏至結冰後磨成沙冰製成，口感緊實的極賦果肉彈性。雪葩的傳說故事是很久以前，某國王的小公主巴芭拉，將水果、奶油、冰等物質混合在一起玩耍，國王無意中品嚐了女兒遊戲的產物，覺得味道格外爽口清新，經過一番演變之後，稱為雪葩的冰品，是西方極其流行的夏日冰品。除此之外，藝術晚餐還配搭巧克力熔漿蛋糕，那種剖開蛋糕，火山熔漿緩緩流瀉而出的感覺，令人食慾大增。這兩種甜點，冷熱對立，巧克力色搭配雪葩的雪白，再加上討我喜愛的無花果鬆糕，令我想起二〇〇八年元旦在烏節路港式中餐館的包廂吃核桃馬來糕。這是陳瑞獻先生必點的飯後甜品。精緻美食的完美句點就是如此意思。

送瑞獻回家

瑞獻[一]特地為剛過世的好友陳徽崇老師獲南方之鼎而在今年初次踏出新加坡，前來南方學院。院長特邀他在晚膳後，親臨本院看看置放其巨畫《橋山麻花柏》的場地，然後探望南方沙龍討論陳徽崇講座的小曼，在講座最後時段，還獻上金言，畫上美麗句點。

校慶儀式後送瑞獻回新加坡，錯過余光中講座，途中他邀請進入武吉知馬路的嬿青私房菜。初捧上的三絲和自製花生——三絲內含豆乾絲，花生配青葡萄乾。瑞獻將就選了一瓶酒，Laibach狗腿（The Dogleg）二〇〇三年的南非紅酒（Wine of origin Simonsberg-Stellenbosch）。紅黑色澤的狗腿，名字怪異，卻結合優良葡萄園，釀酒技術及摻酒的藝術。自從九十年代種族隔離之後，南非推廣Cabermet Sauvignon葡萄製成的Bordeaux Blend紅酒至全球。此酒效法美國Meritage的設計方式，給予紅酒額外的味

一 簡稱陳瑞獻先生。

道層次。親聞一陣陣散發的複雜酒香，隱混著紅梅漿果、甜野草莓香；味覺分解百里香、迷迭香及苦黑巧克力的味道。

捧上的醉雞，缺瑞獻特別申明的腿肉，可見他似我偏愛雞腿肉，不嗜雞胸肉。招牌罈子古法燜紅燒肉配上剛蒸出來的包子緊夾，送入嘴中，入口即化。老上海蜜汁燻魚，炸得外脆裡嫩，咬一口蜜汁四溢嘴中，散發燻青魚香。棗紅燻魚至少需用醬油、料酒醃漬半小時炸得魚皮硬結撈起，在鍋內混合了蔥碎段、薑末、醬油、蜂蜜、料酒、少量水燒製的稠滷汁翻炒使其入味。青魚除了肉嫩味鮮美，還有抗衰老、抗癌作用。

經典的是瑞獻不斷稱讚的雪菜粉皮黃魚湯。雪菜宣稱是一長豆醃製，帶鹹味。我想起去花蓮時，初次聽聞醃製的長豆乾，臺灣友人還客氣地贈送一大包回馬煲排骨，但我遲遲沒閒情大費周章煲製不熟悉的湯水，導致長豆乾最後發霉，搬家時皆丟棄。如今想來，沒嚐到那客家的排骨長豆乾煲湯，確實可惜，辜負了人家好意。

碗中的黃魚湯略濁，我提問是否摻奶，瑞獻告知上海廚師說沒有，但色濁看似有。無論如何，他認真蹽去後面櫃檯追問，一貫追求真理的好學不倦，不管哲理藝文，廚藝美食亦是其鑽研的一門學問。他開心地分享是用豬骨、羊骨、牛骨熬煮兩天而成，聽得我喝起來真的深感慚愧。湯裡頭的粉皮以綠豆粉研製，吸收湯汁後，晶瑩好看又美味。他還特別交代撈起新馬兩地少見的黃花魚，肉細嫩好吃。

甜品送上一道芝蔴脆餅，佈滿芝蔴的餅皮，散發芝蔴香。咬一口脆皮肉軟，再加上肉鬆餡，配上南非紅酒，瑞獻再次為我在美食天地中畫上美麗下午的感嘆號。補償了新山大酒店內令他搖頭的川菜館，從點菜點酒到捧上來的北京鴨、招牌湯、港蒸順殼等。

輯三。記憶之屋

福州乾盤麵，見之宛如返回記憶之屋。

假期

無論任何事都難挑起興致，總覺得做不妥當。課本攤開書桌上，英文字體在桌燈光的照射下，幻變成未長後腿的蝌蚪，於下完雨的池塘優游。腦海搜索出無法牽扯上關係的事物。我站起身，走離棗紅坐墊、椅背的木椅。閒臥床上呈現似中國人二、三十年代普遍吸鴉片的畫面，懶散倍加不舒服。虛度光陰的感覺之餘，增添一種莫名的過癮。這假期躲在房間，我故意不跨越樓下大門，似怕見光死的殭屍。洗滌了衣褲，我晾於窗口一條不知何人橫吊，彷彿為我特設的鮮橙尼龍繩，夾上不同顏色的衣裳夾子，讓水珠一顆一顆往下滴，與雨滴自屋簷淌落時一樣好聽。我懶得手提一個盛裝衣物的海藍膠桶，走下樓梯瞥見髒黑垃圾桶旁，紙帶包紮內的殘菜、飯粒、腿骨，散佈一地，令人噁心翻胃。工作人員在假期偷懶，沒清理走廊、廁所與倒垃圾的後果。

野貓肚餓尋尋覓覓的模樣，沒人類狼狽。由於房內經常飄散飯菜香，房門外招惹了三隻貓。兩隻大的分別是暹羅品種貓，白毛為背景，加上幾個大小黑點，似手忽震的小孩打翻硯，而墨汁恰巧飛濺在白毛上的斑點貓；另一隻是鄰房男孩讚可愛的黃色小貓。我投降於牠的可愛。牠喜歡在我進浴室洗支湯匙或刀叉時，一邊搖動頭顱與我腳毛親密廝磨，一邊喵喵叫，似乎我就是它千里尋訪的父親。我厭惡貓嬌嗲的天性，大聲恐嚇後，牠才甘心收斂，縮躲一旁昂首露出可愛的貓樣。某日，牠竟然大膽至躲在我沒關緊門的衣櫃內，疊折整齊的衣服上，尾巴彎向頭部，身體捲成一團犰狳狀熟睡。幸福舒適的表情，似乎那是專為牠而設的窩巢。幾十根顯眼、鮮蛋黃色、可能攜病菌帶跳蚤的貓毛掉落在乾淨衣物上。我噓著趕牠離開。牠聽話就範，算是跟我認錯。不然我使出陰險毒辣的手段時，人家不只會凸睜雙眼，還會在背後批評我虐待小動物、沒愛心。或許多嘴的還加罵句我不是人也說不定。

房門打開時，那白毛黑斑的暹羅貓，喜歡在對著門口的走廊地上橫躺，擺出怨婦正處狼虎之年，遇人就露出撩人的姿勢，左翻後緊接著右轉。室友罵道：「根本與騷貨一樣，怪不得挺個大肚皮走天下。」驀然我憶起電影某個情節，就用腳在他腹部上做狀狠狠揉踏，問句殘忍嗎？他答《一根繩子五個女人》裡用牛角直撞即將臨盆孕婦的肚皮才……空氣飄散著飯香時，牠們愛在房門外，邊徘徊邊持續發出喵聲，好似我們欠債未還，真恨不得一巴掌掃過去讓牠們的牙齒似珍珠從項鏈串中滑落，叮咚掉幾顆於地上。某隻貪婪的貓，恃機想從窗口躍進，所以夜晚沒關窗睡的人半夜驚醒發現「枕邊人」竟然是隻貓也不出奇。我向他提起蘇童《罌粟之家》那像貓的劉素子、三四十年代的女人悲劇時，他掃興回說吃飯要緊。

短假逗留宿舍裡的幾位學生，家不是遠隔南中國海，歸程旅費昂貴而不回返，就是那批趕功課、忙考試或者被逼教補習的學生。教補習者，有的家庭貧困，被逼補貼購書等費用；有的嫌時間一大把，沒賺外快對不起自己；有的眼見朋友教補習，也學個模樣湊熱鬧，不然會周身不舒服，唯恐人家背後說閒話。還是少說閒話，即使說破兩張嘴皮也不見得有好處。

四天沒出外了，自己都有點難以置信。室友陪女友時，我鮮少打擾他，或要他幫忙打包。因此，我大多數等待鄰房出外吃中、晚餐時，來問聲要打包否，然後就傻傻地觀賞自同學借來的小型黑白電視或閱讀各類書籍。通常肚子咕咕響時，我剛好有飯吃，哪管食之有味或飽否。

夜晚十一點多，室友第一次攜女友拜訪未來岳母家。掩上房門前，他懷著興奮兼緊張的心情去搭車。他倆的關係發展順利，給我閃電劃過天空，劈死路旁大樹的意外感覺。無論如何，我心裡常暗祝有情人終成眷屬。記得學年剛開始，他在我臨睡前說未跨入大學窄門時，曾在廟內許下此夢想。我笑他老土。初次與新學弟學妹們相識時，他倆開始了愛情故事中的初遇。兩個人來自不同的地方，彼此又不曾到過彼此的地方，卻在另一個地方彼此相遇。他沒告知那顆心即刻被她俘虜那麼噁心的話語，只暗自歡喜良機顯現。我知曉他臉上開始洋溢戀愛的氣息時，是她送了粉紅色的綿布質香蕉，說成彎月比較好聽。他開始編織粉紅色月光下，純情少年與青春少女浪漫的美夢，我們開他玩笑說，也要向她討一彎新月。

他離開後，更多的朋友湧進我房間玩電腦遊戲、談天說地、看電視、聽音樂、借書閱讀……人多就不寂寞嗎？所幸我當時擁有如此感覺。以前曾嘗試在一大堆人群裡，寂寞如金鐘罩得我喘息難受。所謂的人群並非街上熙來攘往的陌生人，而是從幼稚園就一塊兒讀書至初中的同班同學。年終假期前，大夥兒至少舉辦一次聚餐會，以連絡感情為名，縱然每天都見面、同坐班上上課。我吃慣例的聚餐會食品時還不覺寂寞。我很開心地吃完一小碟米粉配搭咖哩雞。接著，我通常挑選暢銷狼藉的食物，像揀萬果之王時，有人專選被鼠類啃過洞的。這微薄的經驗，並非強調舌蕾沒辨別食物味道的能力，需靠狗跟屁的本事。心血來潮時，我偶爾斟杯飲料予可愛的女同學們，陪同講笑聊天。之後他們就會跳亂糟糟的舞，男生沒人下場時還去買酒飲後壯膽。此時，寂寞開始了漫天飛雨地侵襲行動。當我遇碰如此人多但寂寞的情況，就會急速逃離，不想看著人家墮落、沒意思的死樣。

沒返家的眾多朋友中，我最怕你的駕訪。母親臨送我搭車時，親手購買贈送的淺黃色草蓆原本能耐兩年的。她說平鋪床上，床單不會太快弄髒。每次你踏進房門，就不顧一切爬上鋪著草蓆的單人木床，六七十公斤的身子在上面躺著看書，不曾乖靜，似肥壯的碩莪蟲不停蠕動。經過你一番重壓、磨損、亂折後，它成功蛻變成破爛不堪的垃圾。

其實，你最拿手的好戲不僅如此，而是集中全身重量於臀部，然後重重的叭嗒一聲，跳壓到床上。鋼骨水泥床架都耐不住，何況是普通不見經傳的木床。我百勸你不聽，老頑童似的變本加厲。你無需戴上黑眼鏡坐上巨型摩哆扮演阿諾魔鬼終結者的模樣，床的壽命還是讓你終結了。

床蹋的詳細過程應該發生在萬里無雲的清晨。你事後跟我辯說是你討厭而我喜歡的陰天。你手上展開讀物，眼角睨著黑白電視。那時我坐在涼涼的士敏土地上。驀然你不知被書籍、電視節目或腦裡的幻想刺激至性奮狂嚷。旋即，你跳上我可憐的木床，我用最原始的反應喊：「別太用力，會塌的。」你喚完我的名字後，叫我看向你，然後爬起身站立床上，更賣力的將臀部往床上死命摔壓。單人床終於崩塌。呻吟的配樂是啪啦一聲。當時在場的全部人目瞪大，口張開，雖然這幕床塌並沒像樓塌般塵土捲向雲霄，眼前一片模糊。

犯錯後你假裝懺悔，想以事後的努力彌補過失。倘若允許重新再來，我堅持喜歡無論做任何事都先深思熟慮的人。可是，你只是那種事後才想挽回，而事前不顧一切，貪圖當刻歡愉者。大家意外地見識難得的場面後，熱心地搬開墊褥，抱走枕頭。你開始修補工作。床修好後你露出笑容白齒。那修好的床，只能讓一動都不動的死人橫躺。它像爛牙般沒用，如果不狠心連根拔除，它的主人依然感覺痛楚。朋友建議我把床褥安放地上睡覺。剛開始時，我依然嘗試在床上睡。可是，我禁不起睡至半夜，在不知覺的情況下晃動身子後，整個人隨著老爺床踢下，還以為真的發生樓塌。虛驚後我會對望窗外夜空的星星眨眼，難以入眠。這導致我下半個學期睡地上，因為向上呈報後沒人來修理。雖然人家還宿舍費，而我也是照樣像人家付款。不知是他們為了省麻煩，假裝忘記還是真忘記，人總不關心與自己毫無相關的事物。

當樓下用白漆劃畫長方形、一格格的電單車停泊位越來越擁擠時，假期將宣告結束。有人說上課的日子很疲倦，需拚掉小命至臉無血色、肉像被削掉（雖然有人回家時被讚臉肥了一圈），有假期沖也似的，怕來不急回家充電補身。但是，我看到蠻多剛充完電的臉孔反而給我們哪兒也沒去的人比下去。可能是長途跋涉吧！或許想到隔天又得一大早爬起身……

細腰蜂

當全部人如海水退潮，所認識又熟悉，能湊合得來的友人逐漸稀少。最後僅剩我與你倆人。我還以為彼此可以好好愉快相處。可以快活得如Changing Your Demeanour的愛爾蘭曲調，喜悅的音符悄然降臨，敲醒內心潛伏以久、等待的意識。事實與想像的差距似裂開的縫隙愈扯愈大。（細腰蜂正忙碌迅速撲動翅膀，我不知曉它築完土巢、生卵孵化幼蟲後，究竟搬入幾條毛蟲或螟蛉等儲備食物予幼蟲。我只知道閃著黑色光澤的細腰蜂在我專心撰著時，與驀然發出似老舊冰櫥滋滋聲的電腦左右夾攻，干擾我思緒的進度。）

我開始默默埋怨等你吃份早餐都需花費半句鐘，不是上廁所清理腸肚膀胱多餘排泄物，就是刷牙洗臉打扮換衣服。原來世紀末的男孩，已發展至如此拖延婆媽、不可思議的地步。現代男女的分水嶺模糊，似霧鎖山谷般朦朧，不謹慎處理，讓人難以摸清。你那瀟灑傾瀉的頭髮蓋越耳根，算長吧。我開玩笑要幫手為你免費剪修時，你說無需操動你的笨手。她卻將你的長髮修得比理髮專業人士更整齊好看。你還添說剪了二十多元也沒人敢反駁。（細腰蜂不是第一天築巢了。那似切半愛斯基摩人冰屋型的蜂巢，有購買牙膏時，贈送淺紫簡單花朵圖案玻璃杯的四分之三大。這浩大工程，一朝一夕難以完竣。我不曉得雌蜂花費多少時間逐粒逐粒銜含淺褐黃的塵土堆砌修築。我聯想起埃及金字塔的繁複艱巨構造，不曉得當時的文明古人是如何在現代科技都難辦到的沙漠建立龐巨陵墓。或許柏拉圖傾向由海希奧德的希臘觀點是對的：人類的狀況已從更早的黃金時代逐漸退化。我又聯想起天外來客。電腦持續發出的聲響，連站立二樓階梯最後一級都有壓迫感，令我極度擔心，擔心它年老多病，難以負荷最簡單的鍵盤打字。如果它突如其來的故障摧毀我所努力的文字檔案……我還是拷貝於一張磁碟。）

驀然鈴響的電話，干擾我活躍順暢的思緒。今早我恰好閱讀到海明威除了懼怕在他寫作時有朋友拜訪，接下來的就屬電話干擾。中學同學趁沒人留意，在公司偷偷搖電話來，發牢騷工作沉悶。你適才詢問我知道悶與寂寞的差別否。我答覆我是愛享受寂寞的。嗯，悶會讓人自殺，有個學生就是如此。我追問誰時，你不理不睬。我的眼皮開始似推不開的窗。我只好停止一切活動。（細腰蜂似轟炸機在我耳畔飛穿，迅速隱進櫥內角。它們忙碌得如第二次世界戰爭的日本轟炸機於空中飛行。心裡產生的恐慌隨著它們漸頻飛現逐漸擴大。倘若它們失誤撞及我，我不是白白給毒螫叮腫。從少至今，我未曾聽聞細腰蜂毒螫傷人事件，那些虎頭蜂叮死人，蜜蜂在你去戶外收回晾乾衣服時不謹慎叮傷就略有所聞。但是它的蜂巢是礙眼得起疙瘩，家人屢次不客氣，「破」的一聲，蜂巢支離破碎。他們吩咐年少的我拿掃帚與餅乾鐵罐鋸半而成的畚箕清理殘局時，我偶爾會意外地發現細腰蜂的幼蟲與青綠毛蟲點綴著淺褐蜂巢碎片粉屑。隔斷時日放課後，還身穿白衣深藍褲的我會發現另外一個蜂巢。它們為了後代而在人類的屋居冒風險，似蜘蛛為填肚織網的精神。人們讚美蜘蛛，我從沒瞅見聽說人家用言語或文字讚頌細腰蜂築巢為下一代的犧牲。家人或許是怕細腰蜂叮傷頑皮玩蜂巢的小孩，或許認為它們於屋裡又不會帶來財運。有人連弟妹暫住房屋裡的某間小房都盡量索取費用，埋怨說得供樓……）

課程內論述的國家經濟與房地產的親密理論關係令我難以明確掛鉤。經濟蓬勃時，估價與房地產買賣生意蒸蒸日上，投資投機者使到屋價飆升，鬧得常人有間屋純粹是夢想。估價房屋過程中，國家經濟與政策的因素經常被我們忽略，還以為沒甚大不了。馬來西亞大概十年一次的經濟衰退輪迴終於讓我們這些初生之犢見識到它的犀利鋒芒以及影響力。現今我們連尋找一份工作都艱難，更別談高薪，喜愛或合心意的。有些同學已經上岸，薪水少得需吃住家裡，駕駛的汽車由父親贊助。我倆正徬徨徘徊於國內外工作機會或深造計劃。在彼此有時間沒工作無所事事時，相聚的日子也不長久了。我一直都珍惜共同齊渡的時日。總覺得雙方經常混泡一塊，難免意見分岔、出現不滿、導致發生口角齟齬。除非某方不愛鬥嘴，一開始就禮讓，技巧性的迴避，但內心難免會沉澱不爽之處。你埋怨我關上鋅紅新車前門時太過用力，後來我才曉得原來你的車門只需輕輕帶上就會自然掩緊。（我沒鼓起勇氣、狠下心來清除蜂巢。昨天下午我邊閱讀笛卡兒《我思故我在》時，邊注意細腰蜂的舉動。似乎是天氣悶熱，它們貪巢中陰涼，我沒瞥見蜂影聲息。我在懷疑它們睡得正酣。至到天暗了，一聲一影也沒聽見。隔天我並沒發現熟悉蜂影。一切歸還平靜時，我又有點不習慣，人真的是犯賤。下午時分，我不小心瞥見一條壁虎正對一隻巒肥碩正飛越的細腰蜂虎視眈眈。那隻腹部帶點黃色的細腰蜂彷彿在尋覓新住所，所以我敢確定它並非住在櫥內角的蜂巢裡。它不會笨到尋覓不著歸家路。動物的方向感比人類強得多，或許它的感官比腦用得多。我再反覆的思考巢裡的蜂兒不可能全家出門旅行。它們是否一隻隻被壁虎吞噬肚內，那隻壁虎肯定肚脹難頂，不知曉它的肚皮會被蜂螫刺穿否。我也沒不謹慎發現一隻被刺穿肚皮的壁虎。）

她返家鄉後你將你家的鑰匙借用，好讓我隨意出入。因此我不需在前門敲破曲起的手指皮、喊啞喉嚨後，還得轉回後門扯著喉嚨擾亂你的左鄰右舍。她沒在身旁時，你偶爾待在家裡，再也沒找我頻頻下新山。當某個人的生活太寄托於另一個人，彼此養成互相的依賴性，全都是為對方而活，對我來說的困境是當其中一方失去另一半時……或許我太杞人憂天。但我們不是應該經常居安思危，難道需等待大難來時才改變已不可能改變的事實，力爭回不可收拾的腹地。也許我們不需要思索到如此大的課題。當她離開後，你寂寞起來需填補空缺。由於書籍的誘惑對你的精神不夠充足，你跑來我家用吃完早餐午餐晚餐的時間打電腦遊戲，說是陪伴我。我定力足夠得獨自不需出門幾天倘若家裡囤聚的糧食如我所需。（另外一隻弱不禁風的細腰蜂緩緩飛越，臨靠揚聲器時於凹進處停歇片刻，似乎找到適合的築巢處。為何最近蠻多的細腰蜂在我身旁飛繞。難道它們到了思春期、排卵期。繁殖下一代真的如此需要到每一隻細腰蜂都在這段時間、季節裡擔起責任。我也不知道有沒有或少數逃避這類活動的細腰蜂，果真我所假設的思春期產卵期可以成立。如果有的話，或許它們覺得時機還不成熟，不趕流行，不受地球的氣候季節轉變而影響。但畢竟昆蟲的生命短促，若跟人類比較。人類跟一些世界上的生物或宇宙間我們也不曉得的生物對比，生命何嘗也不是短促得可憐。）

在北上首都前，我要你送我去車站。我有要事非出門幾天。我原本想掏出鑰匙先還你，況且放在身旁也無甚作用。你卻先向我索回鑰匙，說她又要返回這兒陪你，你擔心她到時沒鑰匙可用。其實她回到你身旁還不是整天與沒事可做的你黏成一團。我開始想為自己大哭一場，比起昨晚下的那場潑水般暴雨還大。我懷疑自己在你身旁扮演的可憐角色——她的替代品，那種可有可無的。那種五年的友情蕩然無存。其實當一隻細腰蜂比當一個人快樂得多，至少不會思考麻煩痛苦。白癡有白癡的好。無論如何，身為會思考的人類而不用腦袋去思考，倒不如成為一隻細腰蜂，擁有那種簡單的生命。人類雖然活在痛苦中，但是，如何在痛苦中享受那種不輕易得來的快樂，在痛苦中完成你一直以來的堅持，那種痛並快樂著的感覺，是細腰蜂永生享受不到的。所租借的房間期限圓滿，大多數朋友已搬離。新人即將遷入，我也懶得再續約。（剛才停歇於我揚聲器的細腰蜂，真的銜搬吃飯時碗中偶見的小石般大的土粒。它想將土粒置放揚聲器背部凹進的洞。我先下手為強，不讓它得逞的鼓起雙頰，吹一陣急風，襲得它於空中晃晃蕩蕩，如飛不穩當的滑翔機。它眼光獨到至選中我才裝配一天的電腦音響設備。我絕不會喜新厭舊至對剛買的東西不顧。它不灰心氣餒的重新飛近淺奶黃的揚聲器。我不客氣的將左邊的揚聲器左右擺動，嚇唬它，讓它知難而退。它堅持毅力不放棄，我也沒動搖信心與它展開拉鋸戰，旋大聲量對準它轟炸，它的翅膀只是微顫。於是，我暫時擱下正書寫的文章，找幾張紙擱放揚聲器的上邊，企圖掩飾揚聲器的位置，讓它從上飛降時難尋覓。誰知道，它竟然從左邊進攻，得意地降陸於凹洞上。我奔向廚房覓個塑膠袋，將揚聲器向後倒出細腰蜂，然後將整個揚聲器包裹，使它望著凹洞興歎。小戰幾回合後，我沒時間得意忘形，繼續我的文章。它總在揚聲器附近飛繞。我又開始懷疑為何從小至今，我一直不斷在住家看見細腰蜂巢。它們可以在戶外草稈、樹枝上或泥洞築巢。是人類不斷開拓墾荒使這些小生命最後躲避進最危險的地方，還是它也似蜘蛛，有的選擇在家居織網，有的愛在枝葉間吐絲。）

摺疊衣服排列整齊於床縟上。堆積的厚薄書籍被放入紙盒。為了防範紙盒超重難以搬舉，我在紙盒內餘剩的上半個空間置放衣服之類較輕的物品。我決定遠離，故意不與你道別。或許你會認為她於身旁，即使不理睬你，空有她一室的淡香，也可慵懶躺臥床上感到無限滿足。或許你會說我就似某人這樣純粹的利用朋友。這些日子以來，我想說的是那並非我想結交朋友的方式。朋友是互相幫助的，但當朋友重新找到他所需的，我很快自覺自己的多餘。這麼多年的朋友，我只想說這些年來，我真的付出許多。我不曉得你們到底有沒獲得想要的，有沒真心如我所付出。雖然這對已獲得所謂重生的你們來說可能不重要，但這對我皆屬難以磨滅的回憶。

（蜂巢面向陽光處出現了九個似和尚頭用香點成的印疤。過了幾天，出現的小孔更多，排列起來的平面圖案呈現一個等邊三角形，似玻璃彈珠跳棋盤各據一方，用來擺設棋子的褐色空位。我彷佛寫細膩報告時所需要地觀察之後，開始懷疑雌雄細腰蜂是否冬眠或似一些生物生了卵後覓個神秘地點靜靜死去，讓它們的幼蟲在巢裡自力更生。由於時間上的不允許，我將一袋袋一盒盒的行李物品搬離。德士載我離開前我腦中閃過好友們最後離去的幕景：A說完無需送別懼怕我再寫一些爛詩後被朋友用摩哆載走、B說完今次是最多人在車站送別後巴士剛好駕臨、C說完再見時我才睜開睡眼向戴著黑眼鏡駕著轎車的他揮別、D說完這是還給你的錢後與南下柔佛的父母親駕車歸返……德士司機踩踏油門時我彷彿瞧見三、四隻細腰蜂正從我住了快兩年的房屋飛離。）

柯林斯似在睡房獨唱，音符瀰漫溢滿空間，曼妙舞出房間，朝翹起腳坐於椅上閱讀的我進攻。以這種姿態閱讀，聽歌也不錯，我的意思是隔一段距離，一邊漫不經心的做某件事，一邊專心奕奕地做另一件事。母親曾告訴我她童年時在外公搭起的高腳屋內大大聲播放唱碟，漫步於柑園，遠遠感受一首歌的美好妙處。《北迴歸線》的「我」被一個柯林斯的朋友邀請去哈佛爾港共度假期。小說中的柯林斯那時中鏢，患上淋病，口袋裡放著「為你想」，那種水手專治淋病，使用前先晃搖，一天擦兩次的藥品。

懶散的爵士音符催化促使我慵懶如骨頭被抽除，連昂仰頭顱都不想的那種灰藍。剛才上課至尾聲時，尾椎骨躺歪於舒適的沙發椅上彷彿快折斷。講師頹廢到用懶洋洋聲音說，還不可停止，怕下星期末到我已猝逝，你們沒福享受即將教的。我不知曉他會喜歡爵士樂否，他一直沒在班上提起。我屢次見他皆遺忘這回事。

你讓我耳膜熟悉似諦聽整夜哥打丁宜瀑布聲後，我能準確地捕捉即使是如細微瀑布水聲的摩哆喘息聲。買了柯林斯的〇〇〇。我聽不清楚你嘴中的話，胡亂回應你所要聽的嗯嗯。有時我連專心聽一個人講話或看書至一半時，驀然不懂那人剛剛講的某段話或那段書的某句到底描述了甚麼。心情好就會不怨其煩再看書籍那段落，但是懶得吩咐人家重複話語，我擔心人家力不從心。其實到最後，你會覺得很多東西變成不重要了，不管是人、情、愛、事業、錢……等，雖然你還是未踏至無藥可救的最後一步。

似蒼蠅環繞幾圈，聽罷柯林斯的歌，你想離開。我詢問你來的目的，是否看看我尚活著，你堅持把假笑容不費力的懸掛嘴邊。我繼續有點自言自語地說生活過得苦、悶，這兩個字加起來難聽極了，但我愛享受那種無人干擾個人時間空間閱讀的樂趣。你有聽過一種叫鸚鵡螺，貝殼類，曾經被懷疑絕種、美麗、遠古的深海洋軟體動物嗎？你連搖頭都沒有地盯住似乎臉上突然長顆漸擴大黑痣的我。它有九十根像烏賊的腕足擠在螺貝殼的出口，像極那種曾在報刊上登過人嘴中塞滿一條條香煙想進世界記錄的那款。我只是怕你難以想像它的形容詞。鸚鵡螺美麗得比下傾城傾國的女子，尤其是它貝殼上的璀璨自然搭配的紋路色調。它只會在夜晚花好多小時游至海岸不遠、淺淺的珊瑚礁石用嗅覺尋覓龍蝦的腐屍、寄居蟹或其他食物。我不曉得它是否抗拒陽光，但肯定的是它倘若在白天出現，鮮艷顯眼的色彩肯定為它遭惹殺身之禍。它選擇適合它生活的方式。

我認為你說關於鸚鵡螺無論怎樣隱蔽至半夜才出現於無人的珊瑚礁石，最終還是被人類發現它未絕滅的話語沒錯。但你還是認為我喜歡熱鬧，自以為是的認為我得不到熱鬧，總覺得那得不到的總是最好。這想法只適合似你思緒依舊停駐某點某處，不肯遷移或前進或後退。有時我們說起人家時，也無意間罵起自己，不管是直接、間接、正面或反面。你似乎聆聽了他的音符後，骨頭酥軟，懶懶散散的離開。柯林斯的樂符剛巧停止飄送。我感覺你好像特意來聽他的這一首曲調。

我不曉得你今夜的夢中是否會出現，有只鸚鵡螺王，與千萬隻其餘的鸚鵡螺於熱帶西太平洋中，浩浩蕩蕩游向淺珊瑚礁。請記得，你選擇抬頭的姿勢，朝望它的方向，剛好對準明月憐恤海面，海底一百公尺以內的位置，我盼望你會不謹慎注視月光折射在它光澤璀璨、如晚餐圓碟大的貝殼。最重要的是它特別為你翻觔斗。只為你在廣闊海洋中翻觔斗……

記憶之屋

偶爾依戀某個區域、某個人或東西長久後，挺想來個反叛回擊平靜無紋的平面生活，杜絕暫時所擁有的現況，從陌生著手，跨出全新的第一步。在猶豫不決時，時間輕易穿梭流逝。當我再次偶然想起時，身畔同學一個個似園裡沒人看顧的花逐漸枯萎，然後消失得無影無蹤；朋友一個個也跟著分道揚鑣。我太習慣各人追求的天地而鼓勵他們各自發展，以不悔的姿態襲擊渴望侵佔的領域。其實在這一帶呆住第五年時，我應該毅然決定狠狠拋下一切離開。或許，內心底層尚遺存某些拋不開的事物。如此悄然閉上雙眼，兩年時間再次無聲息被叼去。

喜歡獨自跑步去打包晚餐回家，在寬大的客廳一個人慢慢咀嚼。眼看殘餘斜暉的夕陽快西墜，我抄著捷徑跑步去泉春飯店，正如所料，豬腳醋正乖乖地等待我的到來。回程中，我小心翼翼避免踩中微隆起來，砂土虛掩，如地雷密佈的貓屎。我踏出每一步都心驚膽跳。鞋底誤踩熏天、軟綿綿的貓屎是窒息的經驗。可能有人會懷疑我少許的潔癖，是長在腳底。

我故意避免繞過祈禱唸經的小回教堂。耳膜習慣性地過濾後，唯有枝上的歸鳥鳴聲入耳。手持脫漆鐵扶梯，登上小階梯，我又來到舊同學居住的那條街巷。其實在大學同學都往遠方發展後，我還是有好幾位小學及中學的同學，意外地定居在我住家附近。這是一種很奇妙的感覺。我們竟然在闊別好多年的家鄉後，在一個大家都沒預約好的住宅區，同住下來，彼此忙碌著各自的工作或功課。更神奇的是我曾拜訪兩三回的那間屋子，竟然隱藏起身，完全不顧及我與他們十多年老友的交情。

糊塗地忘記你居住的屋子門牌號碼之前，我以為發叢中隱藏白髮純粹是遺傳性的因素，未曾責怪未老，記性先犯衰退的症狀。有時推敲你家大概是處於某個位置時，掃興地瞥見小孩鑽出頭顱追逐；當我轉移目標至下一間雙層排屋時，馬賽地轎車阻礙了整個視線；再接下來的屋子，馬來友族正晃上晃下；不然就是整間屋子空蕩蕩，籬笆外掛張「有屋出租」的招牌，紅色的字眼特別愛刺激雙眼；再往下瞧，已經到了最角頭有大片曠地生著長長茅草的房屋。雖然每次都失望而歸，一旦有機會，我將特地拐來這條死巷。在一年之間，我那雙腳在這條街巷徘徊過無數次。對面街的狗喜歡朝我練習狂吠，彷彿在責備我的無所用心，讓我每次不好意思，速速離開。

徘徊此街巷時，我盼望你驀然從屋內奪門而出，或自外邊剛好踏進籬笆門，轉頭時看到我在籬笆口，呼喚著我所熟悉的聲音。我還盼望或許你剛好看電視至眼睏，走出陽臺看看夕陽下的青草樹葉養眼，居高臨下鳥瞰，我剛好走過的身影落進你的視線範圍。純粹的幻想是記憶投資後，希望快結出的纍纍果實。

手拎著打包好的晚餐，逍遙的經過這條死巷，忽然聽見有人呼喚我的小名，昂頭一看，那人的身段有些陌生。走近一瞧，原來是我其中一位小學同學，身材走樣得有點離譜，可能好吃好住，無憂無慮吧。他說你在樓上，上去坐呀。於是我在完全沒預設準備之下，拎著食物踏入這間一直尋覓的記憶之屋。有時感覺人的機遇是如此怪誕，突然間冒出層層的驚喜，在驚喜尚未結束前，更驚喜、可悲或噁心的事情接踵而來，令人措手不及，也讓人生機遇增添多重意義。

他上樓喚醒你，而我擅自登樓。你房間黑漆一片。當時我無意間闖進這間屋子時，你未正式搬入，只暫時鋪床褥於他床腳下借住。不進來，在外面愣著幹嘛。你的聲音自黑暗中撲出，狠狠攫住我耳膜，耳膜隨著聲音海浪般伏動。吵醒你了。我發現睡在你身畔的陌生臉孔，應該是傳聞中的女子。其實我倆應該碰過面，那時她在你老家幫忙你母親替大黃狗擦肥皂洗澡。似曾相識的感覺並沒隨著水平線下的太陽緩緩升起，微帶暖熙。赤裸上身的你扭開二十九英吋電視後，與我閒聊。新聞廣播員的標準音調是讓我倆聲音靜止時的調劑品。你一直沒介紹彷彿比隱形人還透明的她，而我故意開口探問時，你卻頑皮地發出噓噓聲說根本不認識這個人，也不知道她是誰。我笑出聲音，你還是似七八年前般俏皮。那時左耳戴銀耳環的你喜歡在高中老師上課時，假借忘記帶課本上課而搬張椅子坐在身畔與我聊天開玩笑。

發覺你並沒變老，而且比去年消瘦。你說由於去年年底害病至今未痊癒，時不時咳嗽、傷風甚至發燒。我介紹你附近一間藥材店的中醫。神奇的療效出現在我吃完他配給的藥丸與可口的藥水。其實你是久聚成病。剛才送我上來的同學突然跑進來說你是懶惰病，不想去做工，勾起你一大堆厭恨，埋怨說那間工廠要做死人。前些日子，一個星期工作七天，一天十二小時。你說想辭職不幹。再呆下去就會似裡邊無數人般半瘋半癲癡傻的狀態。換一份工，或許可以偶爾過過正常人的日子來找我喝茶聊天。

猶如老人的我勸你繼續讀書，至少半工半讀修完學士。你立即提起自新山趕去北馬繼續深造的事件，埋怨看見那兒宿舍建於荒山野嶺，殘舊不堪後，立刻打道回府。我刺穿你沒心才對，在外面找間房間並非困難。你詢問為何繼續待在此處這麼久，還沒死心離開。表面功夫哪個人都修得完美，讓聽者安心，其實只是對自己、別人撒的美麗謊言。用上某人的話語，或許是真的捨不得這塊地方，雖然無山無水，也沒美麗可言，但貪它去城市、鄰國或首都都方便；或許曾經發生此處的事情，我害怕會隨著離開而逐漸消失；或許我似某只燕雀，不斷歸返……你打斷我的思緒說是否癡等著某個人。我連忙轉移課題再提起身旁一直坐著，眼盯著電視的人，我相信她耳朵不斷接收我們談論的話題。縱然她可能不熟悉我們交談的方言。事後我才知曉你真正的她現今還待在鄰國，而此女只是隨時會摔掉的替代品。我不能說她蠢你殘酷，她愛受騙而你愛欺騙。我開始喜歡用抉擇這兩個字。當我做了抉擇，凝留此鎮時，我就要為我的行為付出一切的責任而感到今生無悔。彷彿很嚴重的模樣。而你們的抉擇是如何，結局是甚麼，每個人心知肚明。在這個時代，這種年齡，討論幼稚的事情只是讓人發笑。

逗留某個人身上或地方的原因，可能很多人已經知道，也可能一直還讓自己模糊，可能是一種故意的方式。很多人期待不能發生的奇蹟，他們都知曉那是浪費時間精力，而還是那麼多人樂而不疲。你我他都可能是其中一份子。人家知曉後又怎樣，別人不知曉又如何。知道自己該怎麼做後，又能改變甚麼。緬懷過去變成很多人生活的習慣，甚至目標，《半支煙》內煙仔的母親坐在樓梯路口癡等著煙仔的父親，回想他父親的臉孔是甚麼模樣。那種堅持、痛苦，時間飛速滑過她的臉盤而雕出的一條條皺紋，是一種過程。她默默的告訴觀眾，這又怎樣，她就是任性地喜歡如此方式，甚麼都可以不做，回憶是唯一的生存方式。

我告知想找個地方搬離時，你建議搬來你家樓下的空房。最後我還是沒說甚麼，保留拒絕與接受的界限有時並非一件壞事。可能太熟悉也是讓我很難與某些人一起生活在同一個空間的理由，但是很多東西不需要靠嘴巴來表達，只需要時間的流逝，聰明的你總會領悟這層道理。畢竟我們誰也沒活在過去的理由，即使是不斷的回憶，我們還是活於現在，而腦海中不斷翻閱著過去所攝下的畫面，不管畫面是清晰、美好的，它也遲早會發黃，甚至有一天會被腐蝕。

腳踏出你家門時，飯冷得如屋外的露水。解饞後，不知何時還會有癮再次造訪，希望屆時彼此還有些許時間，我還記得門牌。我沒刻意記住那個號碼，也不曾買萬字票，數字對我來說就似日期般不斷轉換、重複，就似我身旁的某些朋友、書籍、影片……

攫取記憶

記憶不是我們回憶起來的東西，而是回憶我們的東西。記憶是一種永遠不會消逝的現在。它窺探機會，突然把我們捉在它那輕盈的手裡不放，在我們血液裡滑動。過去的我們安頓在我們身上，而把我趕出。

——柏斯，〈詛咒〉

最後，你被逼承認關於某些人或某段的記憶，是畢生難以磨滅的。有時你會誤解，以為不去往那方向鑽或伸延，就以為成功迴避，那至終始終要回返的起點。

有些記憶是活於血液之中，譬如某些傳統文化、與家人好友共處的日子……當電影主題曲〈寧靜〉揚起了音樂，西門哼唱起歌詞，即使那片光碟已經外借予朋友而不知所蹤，但那股活在血液中的神秘記憶就會慢慢浮現，似金色面具在深藍水中突然冒現，射出的光芒，貫穿經脈的每滴流動的血液，心緒是搏動的脈搏、是被撥弄的弦，絲絲感觸是生活中不自覺累積的。當你再回首時，你會赫然發覺自己坐在某張舒服的沙發椅上，正百般回味，讓可能認為已遺失的記憶，細細洗滌逐漸枯萎的心靈，澆灌終夜圍繞身畔的孤寂。

人是習慣活在記憶迷宮中的生物，常常是不自覺的，那正是它高明之處。人並不愚蠢，只是有太多未知等待探索深研，然而當自己覺悟時，大多數已時日不多。或許有人又會喜歡圍繞著悲劇這個主題。

久不聯絡的友人撥通電話來找你，聲音傳到耳際時，他還是那種性格，玩弄喉中的假音，有時你真想就此擱下話筒，拔掉插頭，因為你知曉他擁有永不言休的精神，無時無刻在支持著他生命繼續生存的原因。你曾吐露徹底瞭解一個人時，你彷彿對世界上的任何一個人在說最可笑的謊言。你堅決說若果如此，那人才是最可笑的笑話。

度過的許多日子中，總以為他的聲音已在你存活的國度內消聲滅跡。你還曾發誓此聲連記憶皆難以追憶，然而事實是他輕而易舉就撥通你剛更換住家的電話號碼。當你發現漏洞時，感覺他內心正發出冷笑。嗜夢獸將夢魘無條件釋放，完全不顧後果。那程度與丘比特亂髮愛神的箭有異曲同工的相似點。

當他熱心要給予你他人的電話聯絡時，你前思後想後，婉拒地說，其實有心人自然會送訊息至你耳邊。你設裝的雷達是無處不在的。他抱怨說你多久沒搖電話來。相對的正如他有多久沒聯絡你，你總不甘示弱。然後繼續該忘記與記得的，緊記自己千萬別混淆界限。你內心發現其實那是毫無界限的，界限只是人在某段有此意識時期，盤根在人內心，頑劣嬉戲一番後，不知去向。

心淡起來迴避問題總讓他難以抵擋，開門見山投訴你的轉變。你回答說：不然要我怎樣，當全部人如潮水離我遠去，你只是以為還有某某人尚遺留我身畔，一開口就追問他人的名字。內心沒扯出：連自己最需要的人都沒留下，自己還會有甚麼要求。當真正拉遠人與人的距離是心中想像的距離時，言語上的空洞吞噬著身旁不斷擴充的光明，而黑暗詭異的閃光有瞬間的刺目。

你的孤僻開始讓他無所適從時，他懷疑你杜絕旁人關照的原因，開始鑽牛角尖。你知曉他一向對他人的關懷與熱心，有時抵達一種實在讓人難以忍受的程度，那種老氣橫秋訓話的語調，令你疙瘩頗起。你呢喃著緣分已盡時，他突然聆聽不到，反覆追問你想說甚麼，很多東西需要三番四次咀嚼才能領悟的，更別說聽多幾次。他忘記電視廣播從不重複，沒有人每時每刻將錄音設備放在身畔，可以經常rewind突然聆聽不到的字句。雖然曾聽人家說過用耳朵聆聽最多只能吸收三十到五十巴仙，但是從來沒人會去在意。記憶卻有這種天然默錄的功能，即使你沒交代。或許潛意識在默默努力。人總愛忽略身旁最親密、熟悉的東西，包括潛意識、記憶。或許人被記憶折磨是一種活該的過程。

記憶是一種殘酷的侵襲體，總在你不想思索陳年舊事時，不客氣的佔領以及擴張它的版圖。它不會厭倦，而你也習慣它的方式，在與它長久共存的時空內搏鬥拉鋸。最後它是溶進血液中，生命中，總讓你在最後一分鐘才察覺。當他察覺電話叮的一聲響時，你已掛斷電話，並且拔掉插頭，打算明天去換掉電話號碼。無論如何，還是有讓你無可奈何的東西困擾著你。譬如說記憶。或許那就是人生的過程，很多人喜歡這麼講，還自以為出生、成長、畢業、上班後，應該做的是買車娶妻生子，買間棲所，然後養兒育女，自己變老，那就是他們的人生目的。

【附錄】記憶碎片

一、撒散一地的玻璃碎片，比較似我喜歡的記憶，需要時間拼湊出佈滿裂痕的完整拼圖。當時的完美畫面，就如我現今睜開雙眼注視，雙手觸摸的感覺。

二、總是覺得我越走那條路，記憶中的東西就似錢幣，自我未發現破洞的褲袋內漏跌，悄然的潛入水般，一點聲響都捕捉不到。

三、遊走於記憶的密徑，在謐靜中獲得雖然是短暫的安慰，但卻教太多人流連忘返，甚至已忘卻真正存活的空間。

四、在記憶中擦根藍頭火柴趨近欲點燃，懸在你嘴中的煙總讓人難以忘懷，甚至不敢回憶那不復存在，火花即閃的瞬間。瞬間總藉故鑽進記憶狹小的隙縫，然後又開溜至不需要它或需要驚喜的人。

五、循著你上次遺留下的氣味，我轉變為獵狗般敏捷，迅速奔上樓梯。混合著薄荷及煙草的味道，少許酒精的芬芳，我感覺身旁一直環繞的孤獨漸漸被卸下。

六、記憶讓人苦樂參半，也是讓人一直活下去的主要原因。發現很多人是靠記憶在人世中殘喘，《真假公主》內的皇太后就是最好的證明。記憶留給她最完美的回憶，因為一切都以難以復返。

七、有時我在設想如何面對過去每一階段的自己。或許某天，它們會結合組織強盛的力量，戰勝處於現階段，毫無反抗餘地的我。畢竟那龐大的結合是太瞭解我過去的一切。

八、曾經度過的一切都是過去，但是我確實在過去真正的存活過。曾經我假藉機會詢問你：「你走後，我該怎辦。」你望著我，連「神經」這口頭禪都沒似將葡萄種仔般吐出就離開。

九、或許我們攫取到自己夢寐以求的夢想時才赫然發現原來也不過如此，沒獲得有時才是真正的沒有遺憾。

十、我堅持那不是一種結束或開始的方式，而是隱含另一種更實在的存活。

裸睡

陰潮的殘臭氣味洩自沒在太陽底下曝曬，似蒙德里安方格子的半長短褲。於是，你學蒙德里安靠直覺將自然壓縮為數學關係般摒棄那條褲子，獨自在房內褪下最後防線。你赤裸裸面對著房間皎白、某些部位貼飾海報照片的四面牆壁。翻轉身子，海報中的電影紅星可能正誇張地注視著你背脊的曲線、自蹲踞豎站起身尚圓滾滾的肚腩、似條狗舌頭伸長流淌垂涎的生殖器官、稀疏的體毛……你未習慣地站不穩腳步，像初學走步的嬰孩。腳患上小兒痲痺症般，些許微軟柔弱；手需倚靠兩三歲小孩般高的床；眼睛卻不時穿透窗櫺左瞄右瞥是否有眼睛游動於緊靠的廚房空間。

你事後告知我這是模仿某本書籍內所寫：裸睡能舒展身心，消解身心的緊繃精神狀態，讓皮膚細胞毫無隔絕地接觸自然空氣，使身心更加強健，血液循環得更順暢……美國雷根總統也曾吩咐妻子與他一起裸睡。想像紓解壓力、抵抗失眠、恢復健康的最佳狀態，於是你褪除衣物，以身測試。

其實你是知曉整間半獨立屋連個貓影都難覓，才鎖緊大門，那碰的聲響絕對堅實。鑽進房間後，你掩關自己的房門，但是心態比較接近偷竊。

平時，你更換衣物都躲藏於同房出外的房裡或浴室內，導致許多同屋居住者都懷疑衣著密實的你，有女人凹凸曲線。除了這點，你與同屋者都相處融洽。至於同房，他除了專注工作上的業務，其餘一概不理。由於明天後天是公共假期，他們都回鄉或尋求樂點。你鮮少參與，反而偶爾跑來找我這位小學同學。你我都很意外，會在如此遠離故鄉的地方偶遇小學至中學常廝混的好兄弟。

躺臥床上，你不習慣的拿被單掩蓋身體曝露的部分。隨之的動作是你嫌熱，起身想啟動風扇葉片。你畏首畏尾的先探知窗外動靜。屋外的喵喵聲略嫌單調。黃色的被單主要圍住大衛經常用葉子掩遮的重要部位。按壓電風扇黑鈕後，你重新似口棺材般橫臥床褥上。頸項以下的部位都覆蓋著棉被後，你才赫然發現燈光依然調皮的在與視網膜眨眼。這時候你又懶惰起身，希望閉起眼睛就可以驅逐日光燈發出的強烈攻勢。事實告訴脆弱意識的你快關掉燈。於是，你掀開被單，頓覺得裸睡的意思是身上沒覆蓋一絲，何必遮遮掩掩。

你踏穩腳步踱向門旁的電開關，自鏡子瞥眼裸露的身軀。接著手迅速關燈，彷彿黑暗能掩飾一切眼睛所能觸及的範圍，包括自己、他人及牆壁海報的人物正張開眼睛的注目點。

你緊閉雙眼，強逼自己裸身入睡。可是腦中活躍的細胞始終難以沉寂。突然間，你很想找本自我催眠的書籍，你記得樓上主人房的朋友新近添購《如何自我催眠》。剛爬起床，你下意識將被單圍住隆起的腰腹及重要部位。旋開門柄後，你驀然意識到你的下意識舉動，心裡繫上氣餒。下定決心將被單冷落於床沿，你的生殖器官隨著你踏上樓梯的步伐似鐘擺左右或上下搖晃。你不習慣的用右手按住它，左手沿著扶手在漆黑中摸索上樓。

驀然，廚房傳出紙袋摩擦的聲響，接下來是碗碟互相輕擊的刺耳聲。你比被警察追趕的逃犯更快飛奔下樓，踩錯一格階梯，右腳踏空，差點被自己絆倒。你衝進房裡，穿起擱在椅背的蒙德里安方格子短褲，才稍微安心。打開房燈，你自房內的窗外查看到底怎麼回事。一星期前光顧了隔壁鄰居財物後嫌不夠過癮的竊賊？他難道部署了人監視老半天，算盤霹靂啪啦精打細算。我聽到此處發出笑聲，調侃原來想裸睡的人愛疑神疑鬼。你害羞地住嘴。我急忙催促你大人有大量，快說，答應封嘴粒聲不出。你才釋懷繼續故事，原來有只黑貓正從平直的兩塊窗玻璃中飛躍，速度有點似剛才你奔下樓梯的模樣。我心裡暗忖，明顯的是黑貓矯健俐落。

你走進廚房掀箱移罐，仔細查看。確定沒有其餘哺乳類後，才回返房間，彷彿只有哺乳類才會偷窺人。你內心不斷訴說今晚一定要嘗試難得裸睡的機會後，再次褪下褲子，瞥眼萎縮一團的生殖器官，重新鎖好房門，讓房間與眼睛陷入闃黑的安全感。下定決心不將身體的任何一部分包裹於衣物被枕內，你仰臥著，眼睛沒悃意地睜開。你希望夢鄉即刻召喚。我聯想起阿福街坐在椅子上的女子，眼睛不斷掃視召喚路人，嘴中吐出：「來呀，來呀先生，上樓坐一坐。」

雌蚊的吵雜聲，再次干擾你起身，尋找電蚊香的粉藍蚊片。再次赤裸躺臥床上，你瞪著白色天花板，想像萬花筒不同轉換吸引人的圖案。乾瞪著的雙眼，感覺有人輕扯你上下眼皮。

瞥眼鬧鐘後，你依然翻皺肉色床罩，內心堅持有些事情需要恆心和毅力。有點慶幸你沒在此時惦念我，我害怕午夜鈴聲，特別是干擾睡前醞釀的情緒。風扇轉動產生的風吹拂著你的體毛，使你感覺微癢。你將風扇搖擺的方向轉移牆壁，即使牆壁未冒汗。

你感覺到習慣並不叫習慣，如果說你想改正習慣就能立刻習慣起來。失眠是因為不習慣裸睡嗎還是生理時鐘已經擾亂了。你注視著鏡中的眼圈逐漸變黑。翻開漫畫，閱讀了幾頁後又按捺不住跳動的心，始終要拿枕頭掩蓋下陰。身軀依舊袒露於床上，你想暫且忘卻現在到底是擺著甚麼動作。然而，你時時刻刻知曉如今是伏躺，側臥，仰臥，腳放置床邊較左邊的位置，臉不可向左右傾，不然口水會沾濕枕頭……

耳聞報紙飛進前院的聲響，你立刻圍上被單。你給予自己的藉口：今次是走出戶外揀拾報紙，縱然屋外黑漆漆，尚需防備鄰居不小心撞見。倘若被拍下證據，不只大街小巷知透，隔日手上的報章可能將刊登重要部位圖黑的照片，不只會被控上法庭，可能被定罪的原因是：某變態曝露狂於半夜三更走出門外顯露不文之物……

腳底踏觸拖鞋，似跳格子般蹦跳出外，偶爾赤裸的腳板會與冰冷的地磚接吻。無意間，你的腳碰及一團東西，連忙警覺縮回。透過屋內的燈光，你嚇得連報紙也不拾就逃回屋內。為了確定那團血紅色的東西，你開完前院球型、長圓柱體發光的燈。亮堂堂的燈光照射下，你揣摩了陣子，猜想可能是隻老鼠，被剝棄毛茸外皮，呈現血淋淋恐怖噁心的模樣。腦子似滾動的球轉動，你設想最近自己是否得罪公司內的人或顧客。你自己承認自懂事以來甚麼都遷就人家，朋友遍地皆是，雖然沒甚麼知心很合得來的，但是要揪個仇敵談何容易。幾隻螞蟻比較像吮血液多過設想搬運體積對它們是龐然巨物的死老鼠。你對我說敢確定是死老鼠。

繞過一大圈，你俯拾地上透著涼意的報紙。血紅死屍依然僵住不動。你迅速逃回屋內翻閱報紙，將恐怖的死屍關在大門外。你似風踮起腳尖衝進浴室洗刷腳板。翻閱的報章雖沒甚麼吸引人的新聞、副刊專題，但是，你的眼睛越睜越有神。

雞啼聲在這區域是奢侈的。你想像跟著星星墜落另一方的每一刻每一秒。你的身軀依然赤裸著，眼睛整夜沒休息的機會。此失眠是有史以來最嚴重的。你憤然起身穿衣服去吃早餐。回返家門後，你疲倦到關好門就窩進被裡睡覺。你再次甦醒時發現你身上穿著印有奧斯卡頒獎典禮的有領T恤與方格褲子。而同房正對著你綻開笑容，邊折疊著衣物放進衣櫃。你詢問他有沒看到老鼠，他反問是不是在夢中。你哦了一聲，繼續賴在床上，腳夾住抱枕。

靜寂聆聽完你的故事，我承認那是你一貫說故事的方式，而我從來都懶得追問譬如那死老鼠究竟是怎麼回事的問題。彼此享受著一個願意聆聽，一個不受半點干擾，別人可能謂為發洩的方式。之後，你飲完最後一滴橙汁，習慣性的沒道別離開。

反鎖

強烈的戀物癖正夾著驚濤駭浪向我鋪天蓋地的侵淹而至。我環顧南征北伐，陳列於房中的各式獵品。某位朋友經常有急事就找我，並稱此處為資料庫。最讓我擔心的是如何處置這些生死帶不走的寶貝。甭扯到如此遠。倘若搬家我就頭痛。朋友建議寄放他家，那簡直是無可救藥的解決方式，因為他甚至希望我會永遠寄放他渴望的物品，而自己學會狐狸的狡猾，不會含糊答應人家捨棄身外之物。他絕對沒練成物我兩相忘的境界，這是我敢確定的，似很多人，最想做的是跑去跟別人借東西後又霸佔它，假借忘記不歸還人。短暫的佔有慾滿足後很快就會演變成永久的擁有滿足感。因此我每次懼怕別人跑來，戴上面具借物品，承諾是掛在口中引誘物品借出的堂皇理由。你大可用把尺測量那人戴上貼面譜的道具有多厚。我是指那些主人明示不借出物品給某些想借物品者。市場上堆疊一大堆時，吝嗇不去買，遺剩幾件時說人未老卻眼花找不著。至於某些難以拒絕的好友，有些當然是心甘情願地借出，有些是無可奈何的暫時減少我房中累積的各種物品。

原本我是懶於鎖上房門的，原因是我偶爾會犯上疏忽症，使盡力氣帶上如監獄牢門碰的聲響後，那聲音提醒我最重要的入門秘訣，鑰匙遺留衣櫥上。整間房間的物品立即齊聲抗議我不斷的增添它們的親戚，或者妃妾，使它們在最短的時間內失寵，然後天天等待塵埃打粉底化妝。我在門外無奈敲打時，聽到它們愉快刺耳的笑聲：再買啦，再匆忙的去買，看你這次如何將它們放進來。

去年八、九月，我遺漏整串鑰匙於反鎖的房門內，連大門都跨不出，因為住處的大門鐵鎖經常是緊守崗位的，只有重新鎖好它後才能旋拔鑰匙。結果我緊招屋主協助。他老婆誇張的問我是哪一間，我只差沒鳥回她一句：「你到底他媽的有幾間，人家現在要出門，已經煩到要死了。」屋主說沖好涼吃完飯才過來時，我立刻抗議。結果是他扒了兩口飯就帶領似一團軍隊的家人，駕著四輪驅動的休旅車隔條街趕來。我最怕他倆公婆很不高明地想強扯他人入神秘宗教。當他從比粉筆盒大一點的紙盒內拾起一串串的鑰匙測試時，我只差沒患貧血或羊癲症似的暈倒。心裡在打著問號。相信你們大家心裡也在暗想。是人都是如此八卦的吧。內心的朋友勸我別度君子之腹。總之我的驚訝是，他真的不知曉那串鑰匙是我家的，或許他是故意向人炫耀。我肚內猜想那麼精明至賺到這麼多屋子的人，沒理由連在鑰匙串上寫下記號都不會吧。無論如何，他的模樣不似在做戲給人看，就似很難想像這種臉孔的人會擁有如此多的房屋。但是生活上就是不時上演如此荒謬的情節。原本只是將全部的東西關在房間以免讓似幾星期前有盜賊闖進隔壁房屋或別人干擾，煩惱的是原來那些東西也同樣討厭主人干擾後，我竟然發現屋主的秘密。無論如何，知曉這個秘密後，對整個故事的情節只起了少許的作用，因為我強烈抗拒他們誇張的舉動，連有鑰匙開一扇門也要輪流上陣，花上整半個鐘頭。

屋主的模樣並不凶悍，但隱約散發邪氣。我有時會懷疑他是否曾是黑社會金盆洗手的老大哥。至於他的妻子，問她任何東西，她會傻裡傻氣對你說詢問她先生，然後扯無關緊要的東西，譬如說如何使這間屋子的電費只需還兩三塊錢。其實最讓我覺得屋主的邪氣是與他每次坐甚麼交通工具來我家收房租，藉故說看看房子或如果我們不在家時，可以幫我們看屋，真是發他的鬼神經。我們正正經經囑咐他修理風扇，可以從我們一開始住至讀完碩士課程後，他仍舊敷衍了事。更離譜的是要求他找人擺放好屋頂電視天線時，竟然叫我們自己爬上淺藍色屋瓦然後……朋友叫罵：越有錢的人越省錢，越省錢的越變態。當自對面鄰家八卦他兩位兒子被水淹死時，我們才發覺再也沒看見他們的蹤影，兩夫婦的笑臉難以再現。

昨天是聖誕節，今天又是禮拜天，所以從昨天到今天都清閒悠哉，一共看了好幾套影片。從伊朗的《小鞋子》、越南的《戀戀三季》、英國的《絕佳拍擋》至美國開宗教玩笑的黑色喜劇《觸犯天條》及伍迪艾倫精彩的《解構愛情狂》。聖誕節的前夕一個人度過，並不感到孤獨反而是逍遙自在邊觀賞希治閣的《鳥》悠度。我感覺似乎小時候就看過此片，某些鏡頭似乎還存留當時的記憶。由於眼睛操勞過度，導致今天倍覺疲累，尤其是追看最新的《聯合文學》及《明報月刊》。每次我向朋友說真擔心有天眼睛瞎掉不知如何是好時，他們總笑說你家庭又不似波赫斯有這種遺傳因子潛伏著。提起西西的飛蚊症，朋友都會歎息西西不能來花蹤講座的最大障礙。

天色已將近傍晚的昏沉，我毅然拿件衣物，反鎖起房門，想去夜市逛買一些食物。我知覺稍微回復時已來不及。堅實的門好似銅牆鐵壁，真的，我開始感覺這句成語的威力是那麼具有真實感。《小鞋子》中的小男孩突然跑出來跟我一同感覺那種無奈感。他也只是無意中遺失了妹妹的那雙剛補好的紅鞋子，雖然在遺失之處他尋覓過好幾次，甚至被店主趕跑。而我的無奈感是深深反映在猛敲房門時，耳聽到房內所購買的書籍、影碟大力冷嘲熱諷後的無力感，再加上，自己明知道鑰匙反鎖在房內，還不死心的在客廳四處查詢是否鑰匙剛才未帶進房內的幸運。有點後悔沒聽朋友的勸告複製另只房門鑰匙。

我聯想起今次的霉運，是否與今早不小心碰到屋主也剛好去購物而不跟他打招呼的原因有關。我決定不想聆聽他從盒子內取出一串串的鑰匙插進我房門的刺耳聲，可能他還會學開鎖匠要求開那一扇門要收費三十元馬幣。況且最近我住屋的人經常遲還房租，他夫婦倆馬不停蹄假借說怕去佛堂時我們找不到人還房租，所以，臨走前特地拐彎探看。首先，我四處尋覓鋼絲，似電影內的竊賊將鋼鐵絲往鑰匙孔內鑽鑽幾下就可打開門，容易過舔冰淇淋。我承認在某些事項上，手腳比較笨拙，因為我鑽到滿頭大汗，鑰匙孔都不透一絲風，更別說它會嗑嚓一聲讓你無限的驚喜，以為自己第一次出手就具備專業水準。

向自己宣佈放棄後，我走進廚房，臨近我房間窗口。窗門被拉開至極限。目光透過窗欞聚落衣櫥上。我還是無法肯定鑰匙串是否依然安好地睡在櫥上。我開始咒罵屋主多此一舉的將連接廚房的房間的窗口裝上窗欞，屋外的人至少要闖進屋內才能輕易躍進窗口。我提起視覺所觸，倚在牆上閒懶的拖把，想借它勾起我的鑰匙串，但是它似乎太短，還需一些距離。我尋獲鐵線，發覺它軟綿綿不中用後，改成用繩子駁緊筷子，增加它的長度，夢想似乎越來越接近，終於長度夠掃至我衣櫥上邊。拖把老實不客氣地左右掃擺，櫥上的物品叮叮噹噹被掃落。我彷彿掃及鑰匙串發出的哀鳴。而房間的物品發出轟雷的笑聲。恥笑我假借精神之名，狂購書籍光碟影片漫畫等物質當做精神糧食。我詢問笑夠了沒有。你驀然冒出頭髮直豎，睡眼惺忪，捉著領子的臉孔，追問我在與誰交談。我仔細看著你被太陽曬傷的臉孔，十多塊小皮起皺，稍微捲曲，膚色近似馬來人。我想起你說印度人的膚色似黑人，馬來人已成印度人膚色，你那白淨的皮膚能不接近古銅色。我知曉救星駕臨，拉著你衣袖要你協助，邊說只不過是在自言自語。

對於某些事情，我知曉自己的弱點優點。優點是只要是有關係及書籍，我都可以輕易的駕輕就熟，但是一碰觸鋸子、鐵錘等工具，就開始似笨鳥學飛。最大的原因是沒經過好好的訓練，而對於書籍的訓練則是自小無時無刻的默默操兵。

結果是你拆掉已快鬆脫的筷子，重新綁緊，似你在紮營時的敏捷。你眼睛明亮的瞥見似鑰匙模樣的東西，結果兩下子就將鑰匙誘吊上來。而我卻蹩腳地花費了整個鐘頭，弄得房間一塌糊塗，有待收拾；滿頭大汗，透濕衣襟後脫下衣物，汗珠還一顆顆猛冒，卻徒勞無功。你叮囑我立刻去做把防身的鑰匙，以免重犯時剛好你又不在身畔，雞手鴨腳搞老半天。我重重數落房間的收藏品時，你再次詢問我與誰交談，神秘兮兮的。我連忙說，快點梳個頭，肚子餓了吧，一起逛夜市好嗎。

五指豢養的孤獨

開始懷疑自己時，是從懷疑你開始。一個月後，你又回歸原本的位置，比上次逗留的時間、地位更長久穩固。縱然你還是那一套衣著、語調、作風；雖然你給予我的味道更加強烈，誘惑甚至有點難以抗拒。

覺得自己比討厭的貓咪更令自己討厭地挨過你身畔，就是坐在旁邊看報紙也好，可以隨便在你開著大大聲的音樂內，跟你閒聊幾句。雖然我多數都意識模糊，不知曉在談甚麼，而你所說的言語總是被ＤＪ吵雜的喉聲或播放的音樂掩蓋。我呆坐那兒，主要是可以輕柔的學你說句話，面對著你說話，已經令自己倍感滿足。但是，內心卻恐懼自己的無可救藥。

發現你總愛扯著嘴，外露被煙侵蝕的白齒在笑，也不曉得在笑我的話語還是我的一切，包括可笑的臉孔、嘴型、總是單調重複的字句。總之，就似我倆一同共看某部影片時，你總是愛問我有甚麼好笑。可能你覺得那種生活是貼近你，最自然不過，而我只是敷衍某個演員的語調酷似我的舊友，讓我情不自禁想起過去朋友不標準搞笑的場面與聲調。其實是一隻眼正偷偷打著你的臉孔，看著你的表情隨電視螢幕投射的畫面轉變，那對我來說比較有趣生動，難以捕獲的不惑神情。或許可以無意中探知你內心所思及轉變，四季的遞轉也不過如此。

驟雨突臨。狂滴的雨點讓你我被逼逗留於同一個空間，而你總是探看腕表與窗外的天色。你感覺不足夠時，立即往外跑，在戶外瞧看雨勢，那種眼睛與雨更貼近接觸，彷彿玻璃窗似我般多餘。而玻璃窗對於你的感覺，也正如我對於你的感覺。我無奈的搖搖頭，不想發洩。

窗外的雨偷告訴我，那是足夠讓我看完這場影片後，還可以閒看你抽幾根煙的時間。雖然你不曾在我面前表演過抽煙的姿勢，是自然的優美還是扮酷的有型。想像你優閒地抽煙，肩膀鬆懈的模樣，因為我知曉你只是喜歡在我面前拚命咀嚼口香糖掩飾殘留喉間的煙味。本身不喜歡別人掩飾得遠離自然或逃離些許的自然，那都是教人噁心而且不耐看的。或者你是在意別人，並非我存在的空間。我身畔總有一些人、靈魂、軀殼、物品在晃來晃去或盪上盪下。

已離開我的朋友告知，其實煙癮只是欺騙別人隱瞞自己的玩意兒。我對你說出口時，你似乎欺騙我說已開始戒煙，室友的鼓勵方式是每天只遞給你三根煙。我只差沒笑出口，還以為自己是老煙鬼，患上末期肺癌。其實我有甚麼權力或在乎任何人抽不抽煙的問題。我自己都不喜歡自口中吐出，勸告人家別吸太多煙的警告。身畔的人哪個不知曉。說出口後，每次又略嫌自己似老太婆囉嗦樣。

其實我也是受在乎你的人所托。她臨走前曾背著你與我密談數次，擔心你失落孤寂時，再也沒人可傾訴。然而她誤會人的位置可以輕易被取替。我不曉得你訴苦的坐姿或呆立的站姿是如何在她面前擺出。你在我面前愛死撐一幅萬事可解決的逞強樣。其實內心的你脆弱得似易碎的玻璃，變動的情緒最易讓你表露無遺。我沒向她澈底宣佈失敗。或許她已自他人身上或你的信箋中獲知。每次總是對自己說別老是胡亂答應人家開口的事件，但是故事似時間上轉動的齒輪，無時刻地重複運行。

你居所窩藏個人似的，讓你不耐煩趕著回家的使命，是那麼的明顯，甚至可以將雨毒咒整世人，因為阻礙你們相見的時間。眼睛打量著你的心正往外面繞，然後你毅然的離開。室內空氣不知是減少一個人還是落雨天的關係，溫度持續下降。

我孤獨留下，似雨在事後總遺留一大灘骯髒的積水。事後我才知道雨當時還是下得老大。自屋內想像豆大的雨鞭打你離去的背影。而我發現五指拳養的孤獨愈益膨脹，我甚至有點擔心連自己都難以操控，似超大嬰孩刺破子宮壁。我決定在兩千年後不再參加任何人多的聚會。當我在某次你開玩笑地吐露，永遠也不會參加擁擠的聚會後。背部沒長眼睛，所以我不知曉你當時的笑姿端正還是左傾右歪。

孤獨擴展了鋪天蓋地的勢力及疆土。我無助地癡等著抗拒孤獨的人降臨。無論如何，我不會期待會在我面前藉故翻跟斗的救世主。事實是我的一切都是自己造成。你們相不相信，你們的一切也是自己造成的。

讓記憶飄向遙遠的思念

我驀然睜開瞇著的眼，瞥向前方不遠的藍色路牌。它顯示去士乃機場仍有二十公里。這使我想起坐在靠窗的飛機座位上時，總愛鳥瞰地球表面的情景，特別是藍藍的海，有幾艘似火柴盒大的船正航行而且拉著長長的一條白線，像極每次在地上望著天上正飛得痛快拉長長尾巴的風箏。賣唱帶的送了《風箏》予我，不知他現在過得好或像我一樣無事時亂想別人的夢裡，是否又出現我刺你一刀的鏡頭和見到自己再踏進家門時，雜色狗迎上搖到尾巴整個掉下來還舔沒完。

像十字架的飛機轟然從頂上飛越，加強我對遠方的思念。雖然迎面撲來的灰塵如在我臉上塗了層厚厚的白粉，好似那些要出席隆重雞尾酒會的女賓客般千方百計掩飾瑕疵。這使我憶起未有冷氣巴士於回程時，黃色灰塵滿天飛落於乘客的髮上，父親的髮也跟著白去，像他今日的雙鬢。我黯然神傷。不再年輕的他，如今是否還跟太陽比賽早醒、辛勤工作、樂意幫人且永不言倦。我驀然有股衝動，好想跑過去吻他漸被時間刻上皺紋的臉頰，雖然我不曾，他也會不知所措。

當路上塞車程度，在往常最忙碌時，難以置信的少，摩托愈來愈快地前進時，我突按胸口，摸到衣袋那曾同我共坐一輛車去離我家鄉三四百公里，卻嘔吐了六次的朋友的信。現在他應該是坐幾萬里的路程後還依舊生龍活虎吧。母親卻得到外婆的遺傳，坐遠程一路上嘔吐個不停後，會不舒服好幾天。塑膠袋是旅行的必需品，所以從小到中學畢業，母親帶我到過的地方有限。我也不奢求甚麼，但願最近聽妹妹說身子不大好的她，能平安無事別太操勞我這做兒子的也放心點。

那信讓我聯想起直到現在寄者說已有大半年的郵誤信件裡的嬰兒照片。那有著幼嫩皮膚，小得似玩具般，但遇到東西就緊緊捉住不放的可愛小手的嬰兒，一定是怕生所以我一抱她，她就換了一副欲哭泣不開心的面孔。她不會知道她母親懷孕七、八個月肚子圓滾滾，穿著寬寬孕婦裝，爬上小桌子為了扭開電視追看連續劇時，我多麼替她母女倆擔心卻粒聲也不敢迸出，雖然我驚恐萬分。她父親用食指輕劃她幼嫩的雪膚時表露無遺的父愛洋溢臉上，她母親卻在替她換尿布，一家樂融融，我的心情也跟著飛揚。最後我想把這遙遠的思念寄給我最親愛的你們。

記得遮住Bird Bird

一

電腦螢幕上，久未聯絡的女同學熱情MSN傳訊，誠邀登錄剛完成的部落格。這時代流行部落格，記錄心情寫照，上載手機相片、歡喜音樂、某條警句、感人情詩，與好友網友共享。不學學唯恐落人後頭，她說。然後請我瞧瞧擲金費時拍攝完成的新婚照。過程似乎再艱辛也不為過，當新娘新郎臉上永遠綻放最燦爛的笑容。

驀然瞥見她MSN照片換上新造型時，我質疑的查看影中人怎麼神似容祖兒，確認後才敢繼續溝通，擔心不小心搭訕騷擾。她自嘲左看右看上看下看近看遠看，無論怎麼看，完全不像真正的自己。心裡暗忖，或許是解嘲，另一種讚美自身的說法。抄下網址，快鍵按下ENTER。畫面轉換，原本記憶中的女同學身影，無需想像——眼前人披上旗袍、婚紗、西藏傳統服等。平常一貫的輕鬆裝扮，轉眼形同高貴典雅少婦。照片再轉換另一張時，少婦遽然化成野蠻女友，露著使壞的表情，搞得我會心一笑。滑鼠輕按，畫面呈現年輕貌美，臉如天使純潔的少女。原本略黑的臉孔白皙紅潤，驚人的是臉上的任何疤痕似磨過砂，滑似豆腐。梁朝偉與劉嘉玲不丹的婚紗照亦成模仿對象，新娘穿起來猶如砂州土著服裝。

大學同學緊張地追問花費整萬元新幣的照片效果。這是為了準備一生人一次的結婚儀式，同時為了剛設計裝修好的新居，增添牆上風采。我聯想懸掛於米色牆上的肖像照，兩人笑得再燦爛的臉，額前不露一絲皺紋，眼尾不叉生魚尾紋；臉頰難見凹凸丘疹疙瘩；她先生頭頂黑髮覆頂，未見脫髮跡象，燈光打照下臉色稍微紅潤。猶如完人的效果。她還電郵晚禮服照片，詢問婚宴上，穿哪件晚禮服能驚爆壓場，孔雀開屏般做最完美的演出。我差點要直吐：演垂死天鵝啊，還來最完美的演出！

在ＭＳＮ上，我虛偽地說：「怪不得你多少錢都砸下去，一生人很大可能才那麼一次！」

她連忙回應：「他媽的，在詛咒我？」

我說：「虔誠的祝福，新娘總是特別敏感。」

她開懷地接受「虔誠」祝福，忘記了「咒語」。我摔掉壁虎尾巴般跟著逃亡，連忙轉移話題：學部部長召喚，即將開會討論課程問題，待會再聊。我馬上將其名在ＭＳＮ上暫時刪除，以免不必要的騷擾。

二

對於婚紗照、肖像照等，過來人興趣難免缺缺。班上學生愛手執手機，鏡頭對準前方猛拍。我常技巧性地避開鏡頭。避開時還不能露出醜態，盡量保持儀態，擔心他們真的拍攝到鬼樣，興奮地放上部落格請全校同學轟炸留言。我常故意恐嚇學生，搬出肖像權，要付模特兒費用。一切妄語無效。他們依然在課堂上，在我舉手投足之間，偷偷提起手機，然後宣稱自拍，不然假借說留作日後的紀念，或討我「歡心」說老師這麼帥，拍多幾張都是上鏡的啦！我說不用專業相機，起碼採用數位相機拍攝，還跟老師學過攝影呢！學生回應：「老師，甚麼時代了！手機拍攝的效果，畫素好得嚇人，可以放大到你逃得沒命的國度。那清晰度更不用說！」我只差沒被這班相熟的學生激死，罵老古董。其實，私底下，我亦偷買了最新款的手機拍攝房內靜物，戶外風景，走動的路人，舉起步伐不看人的死貓，效果算好，但是與專業相機比較……怎麼比？時代產物與專業攝影，別搞笑說廢話了。

回到宿舍後，煮了番茄蘑菇意大利麵，加入特多的芝士，配上一碗蘑菇湯，輕易滿足。觀賞半個鐘頭的《藍色星球》記錄片溺寵自己後，我開始照片修復工作。留臺返馬，未赴美國進修前，我在新加坡相館及新山相館流連。在攝影棚拍照，熟悉修復照片的過程，下手輕重特別謹慎，尤其是照片呈現的自然性。新娘穿無袖婚紗，原本要露性感，結果腋窩形成的黑線在照片放大後過於明顯，更何況還不小心露出烏黑的腋毛，確實不太雅觀。於是，我移動手指，輕輕在觸筆揮舞之下，腋窩幾乎若隱若現。朦朧感產生距離美，隔一段距離之後觀賞，效果更佳。

觸筆修復過程不宜下手過重，照片唯恐失真，難現真人效果。這是實習照片修復工作時，修復師傅教導的第一法則。師傅繼續囉嗦：「人在所謂完美之下，想像往神或完人的模樣靠移。神或完人並非人。」我心裡在嘀咕廢話。人需要舒服的色調，某些自然的線條。當然這亦可特別加工，讓顧客誤判自己亦可變成完人，即使是永存影像的那瞬間。對於常人，那已知足。或許人生有太多的不完美，所以人才一直在追求完美。完美反而失卻了人真正的氣息，似太乾淨的街道少了人氣，僅是刻意打造，不似有人存活的空間。時尚雜誌常犯「完美」的錯誤，將明星打造得近乎完人……我的思緒開始游移。第二法則：觸筆下手過輕又呈現不出效果，彷彿未修改。如何平衡是經驗累積，長期訓練。我當然記得師傅所言，即使是廢話。重點是修復一張照片兩分鐘，數元入袋，一疊照片幾百元入袋，恰好滿足購買一雙ＮＩＫＥ球鞋的高漲慾望。

眼前照片上的新郎國字臉下巴被畫圈，意味著相館要將太四方的國字臉，修成瓜子臉下巴。我不懂這是甚麼美學？師傅那時沒說，僅告知就是這樣修改，一分鐘半後，向我炫耀突顯的效果。師傅說：「你看，是不是？那臉馬上好看很多。」我奉承您吃的鹽確實比我的飯多，不點破大家都是打工賺新幣，其他事隻眼開即可。從那刻起，我開始明白為何以前我在小學英文老師家中瞥見她女兒的新婚照片，無論如何遠觀近看，都長得不像本尊。她女兒與我相熟。未上高中的假期，小學老師請我為她初中的女兒補習。我說老師：「您自己教即可。」她謙虛地說：「我只教馬來文啊，你可以教全科，而且我放心。」因此，我是「眼睜睜」瞧著她女兒長得亭亭玉立。然而，她女兒掛在牆上的婚紗照，感覺極度陌生、怪異。以前不知問題所在，一直到我學習修復照片，逐漸明白現實與照片的真正距離，尤其是花大筆費用買來的美麗婚紗照，打造完美效果最為緊要。相館最重視顧客滿意的甜美模樣。

　　翻閱著手中的照片，新娘低胸婚紗照露出的乳溝太深，紅圈牽扯著我的目光。耳邊響起師傅的聲音：「不是每個女人都夠條件露乳溝，尤其東方女性相對而言保守，少露，因此婚紗照看起來不太自然之餘，乳溝若太深在照片的視覺效果顯露得過野。乳溝線條修復淺一點，是照片修復的基本原則。若新娘懷孕至凸出大肚或小腹，那修復過程更麻煩費時。相館開門做生意，總不能讓付昂貴費用的顧客在一生中留下未婚先孕，先上車後補票的鑿鑿證據。因此，這種照片通常都會畫大圈，需要在電腦螢幕畫面上大修特改。微凸或圓滾的腹部，轉眼成了平坦瘦瘦健美的腹部。不著痕跡，真的感謝電腦軟體的功能。如果是早期底片修復的年代，還要用溶劑從底片的某處去掉氧化層等，那『動手術』的工程可想而知。」當時的我，在旁僅嗯嗯的回應。

瞥見眼前印度夫婦的新婚照，我為之高興，因為他們膚色夠黑。並非我種族歧視，反而還得感謝他們黑黑一團，無需怎麼修都是那麼好看。重點是工本費用照收不誤。那時師傅曾開玩笑地說：「一白遮三醜，一黑遮全醜。」我實際接觸到真正的照片，才明白師傅玩味的話語。其實師傅還曾親授我另外一個好笑的「武功秘訣」——記得遮住Bird Bird。我初次聽聞時，馬上回應：「甚麼來的？」他繼續說：「記得遮住Bird Bird，這是我家小朋友稱呼的。」我笑出聲了，當他指著新郎褲襠突起的部分。他說新郎站在新娘身旁或坐其側，倘若褲襠異軍突起，要安撫作怪的小弟，或突然皺褶得不是很好看的部位，修復時盡量讓皺褶自然點，龐然巨物似乎僅適合留給好友話題或閨中術，不適合掛在大廳、網上部落格或寄給朋友。我再次笑出聲，打著師傅的肩膀說：「想不到您還專業到挺幽默的。」師傅嘿嘿兩聲，繼續說修復照片就是睜大眼睛注意照片的種種漏洞，照顧顧客的雅態，別讓他出糗。

三

在新加坡的攝影棚、修復照片的工作中，縱然師傅異常關照，實習經驗與日俱增，終非我長久謀生的目標。況且在鄰國，每日工作往返新山，身心俱疲，於是回返新山覓職，與週遭的相館開始熟悉。逮到機會，儲夠了錢，我遠赴美國修讀媒體影像。碩士畢業後，雖然在學院教書，兜兜轉轉，我又回到修復照片的工作上。教書雖然愉快，每天貪口舌之快，但是我也拒絕不了修復照片的賺外快良機。結果照片修復的工作愈接愈多，兩三間相館有時都趕緊要，日夜趕工，我乾脆辭掉教書全職，轉為兼職，專心修復照片。一個月的酬勞遠比教書薪金高出一兩倍。之前以為自由無束縛，結果時間不受控制，小命累壞殘喘。

每次修復完一個「工程」，在送貨時，死硬拖著屋友赴電影院觀賞刺激感官的電影，豈管那電影是精品、庸品或劣品。屋友譏諷還讀甚麼媒體影像，選了垃圾電影浪費時間。我回應舒緩一下緊繃神經。況且整天對著電腦修復，或觀賞藝術電影寫評論，或教學生一大堆他們根本毫無頭緒的課業，生活也太「無趣」！屋友怪我媚俗，說我反而應當開導學生未知的領域，擴充視野，盡多一些職責。我辯說媒體人總要跟隨時代的脈搏跳動，那是媒體人關心的本分。屋友反駁我堂而皇之的藉口，騙鬼最好。

我的時間似乎越來越緊，原本說少教書，辭了全職，爭取時間做學問，多閱讀書籍電影，準備即將申請的博士夢想。屋友知曉我認真，好意陪同我直赴新加坡圖書館找升學考試資料。事實是修復照片的工程一單接一單，沒完沒了。有時日夜趕工，腰酸背痛，睡到黑眼圈，躺臥床上賴床，連課都不太想教。最後所幸搬回老家，預留多一點時間陪家人。僅有教書的一日半，在走廊偶爾遇到前室友，打招呼，閒聊兩句。他詢問這就是理想的追求嗎，我嘿嘿兩聲，回應夢想依然在西方航行，不過車期待供，未來學費在籌。他笑笑的說，改日再聊，學生在課室等候。他如疾風來去，我望著他遠去的背影。

路經相館，「蛺蝶・綠林」的店名，巨大的廣告牌打著大自然主題，但是照片罩上灰蒙色調，失去生氣的婚紗照。車上的家人馬上說有點陰沉，像遺照。我笑出聲來，急忙仔細打量。我沒跟家人扯談修復照片的課題，她們似乎也避開，彷彿一種會心的相知。或許家人連修復照片的概念都搞不清楚，但是這又有甚麼關係。今日特意閒赴一場海鮮饗宴，重點要吃得爽，拍幾張好看、無需修復的照片留給家人。照片無需修復，不用增添自己的負擔。多花一點時間、記憶，留給家人，當成補償。補償未來無法陪伴的時間，雖然尚不知何時將再次藉著修復照片籌獲的儲蓄，重新踏上未知的旅程。我突然想起修復照片的師傅，也應該找個時機請他吃頓飯，感謝他教我苦中作樂，多虧他講得出：「記得遮住Bird Bird。」

許通元創作年表

輯一　親母關係

〈親母關係〉，《星洲日報·星雲》，二〇〇六年五月十一日。

〈藥醋散發父親的氣味〉，《星洲日報·星雲》，二〇〇六年六月十六日。

〈初次父親如此送我〉，《南洋商報·商餘》，二〇一〇年六月二十六日。

〈人狗互動〉，完成於二〇〇八年五月。

〈筍殼精神〉，《南洋商報·商餘》，二〇〇八年三月十九日。

〈戀戀木薯葉〉，《南洋商報·商餘》，二〇〇八年四月五日。

〈枸杞明目〉，《南洋商報·商餘》，二〇〇八年一月二十九日。

〈採三葉穿心蓮〉，《南洋商報·商餘》，二〇〇八年六月十九日。

〈年夜飯〉，《南洋商報·商餘》，二〇〇八年二月五日。

〈鄰家飄來糕餅香〉，《南洋商報·商餘》，二〇〇九年一月三十一日。

〈你有帶千層糕來嗎？〉，《南洋商報·商餘》，二〇〇九年五月六日。

〈突然老了十年〉，以〈三馬丹之行〉，發表於FASCINO《品味誌》，二〇〇五年十二月，第一三六至一三七頁。。

〈國慶返家〉，《星洲日報・星雲》，二〇〇八年十一月二十日。

輯二　解禁食言

〈消解鄉愁〉，完成於二〇〇五年八月。

〈僅是來吃一頓早餐〉，《星洲日報・文藝春秋》，二〇〇五年六月二十六日。

〈尋訪詩人故鄉的美食，遺忘了詩〉，《南洋商報・商餘》，二〇〇九年二月二十八日。

〈Pasir Puteh, Tanah Merah：尋訪詩人故鄉的美食之二〉，《南洋商報・商餘》，二〇一〇年六月七日。

〈掉一隻眼的釀蟹〉，《南洋商報・商餘》，二〇〇八年七月二十四日。

〈糕餅恩惠〉，《南洋商報・商餘》，二〇〇八年十月十日。

〈冬至搓湯圓〉，《南洋商報・商餘》，二〇〇八年十二月二十日。

〈銀行飯〉，《南洋商報・商餘》，二〇一一年四月二十三日。

〈選擇G7〉，《南洋商報・商餘》，二〇〇八年十一月十日。

〈嫩滑的田雞粥〉，《南洋商報・商餘》，二〇〇八年八月十六日。
〈冰榴槤香〉，《星洲日報・星雲》，二〇〇八年八月十二日。
〈熨麵包〉，《南洋商報・商餘》，二〇〇八年六月三日。
〈豆漿燒〉，《南洋商報・商餘》，二〇〇八年九月二十五日。
〈藝術晚餐〉，《南洋商報・商餘》，二〇〇八年三月一日。
〈送瑞獻回家〉，《南洋商報・商餘》，二〇〇八年十一月二十一日。

輯三　記憶之屋

〈假期〉，《星洲日報・文藝春秋》，二〇〇一年六月十七日。
〈細腰蜂〉，《新華文學》第五十九期，二〇〇三年八月。
〈等待鸚鵡螺〉，一九九九年刊登《蕉風》文藝網站，一九九八年八月十八日完成。
〈記憶之屋〉，《新華文學》第七十期，二〇〇九年一月。
〈攫取記憶〉，《星洲日報・文藝春秋》，二〇〇〇年七月三十日。
〈裸睡〉，完成於一九九九年十一月。
〈反鎖〉，完成於一九九九年十二月。

〈五指豢養的孤獨〉，《馬華文學電子期刊》創刊號，二〇一一年七月，第二十七至二十九頁。
〈讓記憶飄向遙遠的思念〉，《星洲日報‧文藝村》，二〇〇〇年十月二十八日。
〈記得遮住Bird Bird〉，完成於二〇〇八年十二月二十六日。

釀文學44　PG0618

等待鸚鵡螺

作　　者　許通元
責任編輯　林泰宏
圖文排版　姚宜婷
封面設計　李孟瑾

出版策劃　釀出版
製作發行　秀威資訊科技股份有限公司
114 台北市內湖區瑞光路76巷65號1樓
電話：+886-2-2796-3638　傳真：+886-2-2796-1377
服務信箱：service@showwe.com.tw
http://www.showwe.com.tw
郵政劃撥　19563868　戶名：秀威資訊科技股份有限公司
展售門市　國家書店【松江門市】
104 台北市中山區松江路209號1樓
電話：+886-2-2518-0207　傳真：+886-2-2518-0778
網路訂購　秀威網路書店：http://www.bodbooks.com.tw
國家網路書店：http://www.govbooks.com.tw
法律顧問　毛國樑　律師
總 經 銷　聯合發行股份有限公司
231新北市新店區寶橋路235巷6弄6號4F
電話：+886-2-2917-8022　傳真：+886-2-2915-6275

出版日期　2011年12月　BOD一版
定　　價　250元

版權所有・翻印必究（本書如有缺頁、破損或裝訂錯誤，請寄回更換）
Copyright © 2011 by Showwe Information Co., Ltd.
All Rights Reserved

Printed in Taiwan

國家圖書館出版品預行編目

等待鸚鵡螺 / 許通元著. -- 一版. -- 臺北市：釀出版,
2011.12
面；　公分. --（釀文學44；PG0618）
BOD版
ISBN　978-986-6095-47-4（平裝）

868.755　　100016673

讀者回函卡

感謝您購買本書，為提升服務品質，請填妥以下資料，將讀者回函卡直接寄回或傳真本公司，收到您的寶貴意見後，我們會收藏記錄及檢討，謝謝！

如您需要了解本公司最新出版書目、購書優惠或企劃活動，歡迎您上網查詢或下載相關資料：http:// www.showwe.com.tw

您購買的書名：____

出生日期：________年________月________日

學歷：□高中（含）以下　□大專　□研究所（含）以上

職業：□製造業　□金融業　□資訊業　□軍警　□傳播業　□自由業

　　　□服務業　□公務員　□教職　□學生　□家管　□其它_____

購書地點：□網路書店　□實體書店　□書展　□郵購　□贈閱　□其他

您從何得知本書的消息？

□網路書店　□實體書店　□網路搜尋　□電子報　□書訊　□雜誌

□傳播媒體　□親友推薦　□網站推薦　□部落格　□其他__________

您對本書的評價：（請填代號　1.非常滿意　2.滿意　3.尚可　4.再改進）

封面設計____　版面編排____　內容____　文／譯筆____　價格____

讀完書後您覺得：

□很有收穫　□有收穫　□收穫不多　□沒收穫

對我們的建議：____

____

____

____

請貼
郵票

11466
台北市內湖區瑞光路 76 巷 65 號 1 樓
秀威資訊科技股份有限公司 收
BOD 數位出版事業部

（請沿線對折寄回，謝謝！）

姓　　名：＿＿＿＿＿＿＿＿　年齡：＿＿＿＿　性別：□女　□男

郵遞區號：□□□□□

地　　址：＿＿＿＿＿＿＿＿＿＿＿＿＿＿＿＿＿＿

聯絡電話：（日）＿＿＿＿＿＿＿＿（夜）＿＿＿＿＿＿＿＿

E-mail：＿＿＿＿＿＿＿＿＿＿＿＿＿＿＿＿＿＿